El giro de la oca

Novela

Biografía

Erri de Luca nació en Nápoles en 1950. A los dieciocho años participó en el movimiento del 68 y posteriormente fue miembro del grupo Lotta Continua. Ha trabajado como albañil y camionero, y durante la guerra de los Balcanes fue conductor de vehículos de apoyo humanitario. Es un apasionado alpinista. Es autor de más de cincuenta obras, entre las que destacan: *Aquí no, ahora no* (1989), *Tú, mío* (1998), *Tres caballos* (1999), *Montedidio* (2002), *El peso de la mariposa* (2009), *Los peces no cierran los ojos* (Seix Barral, 2012), *El crimen del soldado* (Seix Barral, 2013), *La palabra contraria* (Seix Barral, 2015), *Sólo ida. Poesía completa* (Seix Barral, 2016), *Historia de Irene* (Seix Barral, 2016), *La natura expuesta* (Seix Barral, 2018), *Imposible* (Seix Barral, 2020), *A tamaño natural* (Seix Barral, 2022) o *Las reglas del Mikado* (Seix Barral, 2024). Aprendió de forma autodidacta diversas lenguas, como el hebreo o el yidis, y ha traducido al italiano numerosos textos, entre ellos algunos de los libros de la Biblia. Considerado uno de los autores italianos más importantes de todos los tiempos, sus libros se han traducido a treinta idiomas. Ha sido galardonado con varios premios, entre los que se cuentan el Premio Leteo, el Premio Petrarca, el Premio France Culture, el Femina Étranger y el Premio Europeo de Literatura.

Erri De Luca

El giro de la oca

Traducción del italiano por Carlos Gumpert

Seix Barral

Título original: *Il giro dell'oca*

Seix Barral, un sello editorial de Editorial Planeta, S. A.
Avda. Diagonal, 662-664, 08034 Barcelona (España)
www.seix-barral.es
www.planetadelibros.com

Diseño de la cubierta: Booket / Área Editorial Grupo Planeta
Fotografía de la cubierta: Shutterstock
Primera edición en Colección Booket: junio de 2024

Depósito legal: B. 9.830-2024
ISBN: 978-84-322-4367-7
Composición: Realización Planeta
Impresión y encuadernación: QP Print
Printed in Spain - Impreso en España

Premisa

Durante un tercio de segundo, los párpados bajan de golpe sobre los ojos. Sucede unas quince, veinte veces por minuto. La vista no se interrumpe, porque el cerebro une los puntos luminosos.

Eso es lo que deben hacer estas líneas, fluir sin percibir los puntos, los apartes.

La línea que se lee tiene que estar entre dos parpadeos.

Es una noche sin corriente eléctrica, el rayo la ha apagado, como un rugido enmudece a un gorrión. Las llamas de la chimenea iluminan la mesa del comedor mientras enciendo una vela.

No sé de qué madre pudiste salir al mundo, hijo al que no puedo llamar hijo mío.

Esta noche escuchas mientras te cuento.

Otras veces le hablo a un plato, al interior de un vaso, a la pared. Surge la voz ante el deseo de oír alguna.

Esta noche estás presente, te hablo a ti.

Estaba leyendo el libro donde un anciano se inventa un hijo. Es un carpintero y se lo hace de madera. Le gustaba la idea de que lo llamaran *papá*.

Así fue como apareciste, costilla de otra historia, hijo de uno que hace con palabras, materia que no procede de un árbol cortado. El papel en el que escribo, en cambio, sí.

Eres un adulto, no sé nada de cómo eras antes. No te he regañado por un juego peligroso de niño ni te he tocado la fiebre en la frente. Nos encontramos esta noche en la mesa para cenar.

Una mujer en mi juventud me dijo que había abortado. Guardé silencio, no contaba para nada en su decisión tomada y realizada.

Estábamos juntos y dentro de una multitud de coetáneos. Era un amor y un tiempo en el que no se podía ni se atendía a la vida privada.

El embarazo era entonces arrojar un hijo como carnaza al mundo.

Tú no eres ese hijo, pedazo de vida en movimiento, excavado con una cuchara. Luego ella no pudo volver a tener.

Eres un extranjero, hijo, al igual que la luna en el cielo por la mañana, que sigue ahí después del ocaso de la noche.

Voy a contarte un poco de vida que se desliza. Mi padre, tu abuelo, cuando estaba casi ciego decía que notaba las nubes con la cima del pelo. Pasan sus caricias por el cráneo de quien no puede verlas.

A nosotros, sus hijos, nos hizo firmar ante el notario la renuncia a su herencia. Se despojó de toda posesión. Me pidió que firmara.

Dije que era imposible negarla, renegar de la herencia de libros, de montañas, de lengua italiana y de la enseñanza de no tratar nunca de asuntos de dinero.

Me pidió que firmara. Eché mi más falsa firma.

A ti, hijo, no te dejo nada. Renuncias a la herencia sin que te lo pida. No seré una carga para ti en la vejez, que no es obligatoria.

No ha sido el tiempo el que me ha consumido hasta ahora, he sido yo quien lo ha consumido. Lo aventé en el cuello de una clepsidra horizontal. *Clepsidra* es una palabra que viene del verbo *robar*.

¿Quién es el ladrón, el tiempo o nosotros? Me denuncio, soy yo quien lo ha robado.

A veces me detengo a ver cómo es el tiempo sin mí. Fluye de todos modos, se deja robar por cualquier otro.

Si te aprieto la mano ahora, se detiene.

Siento tu mano de piedra en cada guijarro liso que tiro a ras del agua para que rebote.

La luz de la vela se deja mirar, sin cegarnos. Reluce en tus ojos oscuros, no te hace lagrimar.

En los libros antiguos, los caballos lloraban la muerte de sus caballeros. Era una época que daba peso al llanto. Hoy los ojos permanecen secos sin esfuerzo de contención.

Soy de tiempos antiguos, lloro por un luto, una salvación, el recuerdo de quien he visto en un sueño.

Son lágrimas diferentes entre sí, ligeras, acaloradas, alegres, graves, inútiles.

Mis ojos antiguos se despiertan antes del día, ponen en marcha el primer café cuando aún es noche.

¿Estoy hablando solo? ¿Me estoy inventando tu compañía?

La invento con tanta fuerza que la realidad no puede igualarla. Basta tu presencia aquí y esta noche para levantar mi paternidad.

Las mujeres a las que abracé quisieron un hijo, pero no conmigo. Nada que reprochar, ni a ellas ni a la vida, he tenido más que lo justo, que por sí solo es mucho, porque lo justo, junto con lo necesario, a muchos les falta.

He tenido las montañas que toqué con las puntas de los pies y de las manos, su inmensidad rozada apenas en la superficie. He tenido las palabras. Sin ellas me doy de cabezazos contra las paredes. Con ellas también me los doy, pero las veo bien, las paredes, y me preparo para el impacto.

He tenido un cuerpo entero que remienda de noche los desgarrones del día, respira y late incluso cuando me olvido de existir.

Anoche recibí en un sueño la visita de mamá. Estaba sentada en un banco al final de un salón, fui a su encuentro, se levantó, nos abrazamos con fuerza. Como siempre, yo lloraba y nada de palabras.

Nacida en el 25: su madre en el 900, yo en el 50: en el 75 me tocaba a mí.

Ellas eran mujeres, traían al mundo en el momento concebido y establecido.

A nosotros los del masculino no nos corresponde el gobierno de los nacimientos. Expresamos el deseo, como cuando saboreamos los primeros frutos.

En el 75 se interrumpió la cadencia de los nacimientos. Mi nombre estaba junto con muchos otros en los registros policiales. Solo podía empeorar y así fue, empeoró.

Se me vino a la cabeza el vencimiento en el año 2000, pero no hubo mujer que quisiera ser tu madre. Serías un niño, no el hombre que eres.

Estaba en una ciudad de Norteamérica, invitado como escritor a algún pedestal pasajero.

Desde la ventana de un décimo piso miraba la multitud deshilachada, cada uno por su cuenta, por las aceras.

Conozco a la multitud que va toda junta en una dirección, caminando en medio de la calle. Conozco a la multitud que baja de la acera. Se convierte en grupo, en clase, incluso en pueblo.

Miraba desde el décimo piso y me repetía el verso de Izet Sarajlić a su esposa Miki: «Ninguna tú».

Ella se había convertido en un nombre sobre la piedra del cementerio.

Él no conseguía entender que en el mundo lleno de mujeres ninguna pudiera ser ella.

Ninguna tú: se lo repetía a la multitud de las aceras de aquella ciudad. Ninguna era tu madre.

Yo había inaugurado los cincuenta años, escribiendo una fábula sobre una joroba que contenía alas.

En la mesa aún quedaban berenjenas a la parmesana, sin mozzarella, porque yo las prefería frías, reposadas y sin grumos gomosos.

Era la bienvenida de mamá a mi deambular en pos de los libros. Se dice *detrás*, pero ella decía *en pos*, como es costumbre en Nápoles.

Había terminado hacía poco los oficios obreros, recibía derechos de autor, título abusivo para quienes escriben historias. No son mías, pertenecen a la vida y al vocabulario, yo las reúno. Me corresponde el derecho de ensamblarlas.

Con estos pensamientos me asomaba al balcón de una ciudad de cine, apoyada en el paralelo que pasa también por Nápoles.

Interrumpida la serie de nacimientos, yo era una rama sin yema, o como dice un pescador amigo: un escollo que no hace lapas.

Te hablo a ti esta noche que ni siquiera es esta, es una noche.

Tú estás ahí, más verdadero, más cercano y más consistente que el techo. Te hablo a ti y no a mí mismo.

Lo sé porque conmigo hablo en napolitano.

Ahora tomo un sorbo de la boca de la botella, no me levanto a coger un vaso. Si me levanto, podrías desaparecer. ¿Te importa si continuamos un rato más? No por mucho tiempo, duro poco despierto cuando es de noche.

En la habitación de la infancia había una alfombra descolorida. En primavera la sacudían al sol, luego la envolvían en papel de periódico en compañía de bolas de naftalina. Su olor avisaba del cambio de estación.

No creo en las alfombras voladoras. Hay otras cosas que pueden volar, un globo, un bumerán, un cohete de papel.

Un pintor hacía volar cabras, violinistas y vacas.

Recuerdo que, sentado en el brazo de un sillón nave espacial, papá, al mando, iba hojeando ilustraciones de cuadros.

Me enseñaba a ver las pinturas.

Me daba un minuto para grabármelas en la cabeza, luego me preguntaba por los detalles: cuántos zapatos se ven, de qué color es el vestido, qué animales.

Una vez pregunté qué había fuera del marco.

Me contestó: «Nada».

Imposible: algo había, tenía que estar la enormidad excluida. Ahora lo sé. En aquel momento me faltó la objeción.

Solo Velázquez y Rafael me sacian la vista y no me sale sobrepasar el encuadre.

Cada ilustración era un lugar visitado con él. Ha sido prodigioso tener un padre.

Mamá era real, cotidiana, él era esporádico, prestidigitador de su presencia.

A veces también vuelan los libros, abren de

par en par las páginas, cayendo como gatos sobre sus patas.

En el segundo en que murió mamá, cayó uno del estante más alto. Lo recogí más tarde.

En el primer minuto yo había gritado una sílaba larga, la negación breve. No soy de los que gritan.

Inmediatamente después cayó el libro, con los poemas de Keats. Uno decía, sí, decía, porque los poemas dicen o bien callan:

Versos, fama y belleza
son intensos, ciertamente,
más intensa es la muerte.

El cuerpo de mamá ardió con toda su bata. Recogí la caja de las cenizas en el depósito de las cremaciones. Ahora están bajo el pino quebrado.

Pienso en ella cuando hago dos solitarios con cartas napolitanas. Está sentada en la silla, de espaldas a la chimenea encendida, lee un libro, lo deja cuando extiendo las cartas.

Se llaman solitarios, pero a los míos los acompaña ella.

Me acompaña en mis aislamientos de vosotros, que oficialmente no estáis aquí.

Ella leía en la noche, cuando la sirena de la alarma aérea le quebraba el sueño.

Fue la asesina de sus sueños, el grito, la patada

que la arrojaba fuera antes del diluvio de las bombas.

Sonaba todas las noches, ella reaccionaba con los pies, poniéndolos en el suelo.

Era la novedad del 1900, el penúltimo grito de la modernidad.

«Me da miedo»: me lo dijo una sola vez, con la voz rota. Lo admitió como un reproche al mundo y también a mí.

A mí me había inculcado lo contrario, el deber de afrontar los miedos de frente.

Dijo: *«S'adda tene' curaggio»*.

Hay que tener valor: no he llegado a tenerlo; en cambio, he perseguido los miedos hasta aturdirlos.

Ella solo admitía los terrores de la naturaleza: tormentas, incendios, terremotos, erupciones.

Encontré su piedra angular en un salmo de David en el que se pregunta qué puede hacerle un ser vivo, un pedazo de carne.

Él teme a la divinidad, por tanto, no puede temer a nada más.

Ella pretendía eso de sí misma, y se maldecía por su terror a los bombardeos.

¿Qué podía hacer yo? Me quedé con ella, con su sirena, la introduje en los nervios antes de oírla y, cuando la alcancé, una noche de primavera al final del siglo, no tenía ya ese mordisco suyo de miedo y jadeo. No vino a despertarme de ningún sueño.

No he sabido hacer la caricia del padre que consuela a la hija asustada por el ogro dentro del sueño. No he sabido hacer la caricia.

Por eso fui a donde sonaba la sirena terminal de 1900, su despedida.

Por eso me encerré en una habitación del hotel Moskva y no bajé a los refugios. Porque no he sabido hacer la caricia.

Lo sabía antes de morir. Me dijo que esperaba encontrar allí, al otro lado, libros. Y, si no, los echaría de menos, más que a mí.

Me echaba de menos, no era suficiente. Para hacerle compañía, mejor que yo, estaban los libros.

Ni siquiera puedo decir: hoy sería más. No puedo creerme.

Estar contigo, hijo, me saca del pasado. Hace que me adentre en el presente de una tarde caldeada por la madera de mimosa, que crece espontánea en el campo.

Este invierno no muerde los huesos como hacía antes. También los inviernos envejecen.

Así son los ancianos y los escritores. Repiten las historias, con un añadido, un olvido.

Un día estaba en un extremo del mundo para un festival, así lo llaman, de la literatura.

Fui al zoológico.

Dos tigres se aparearon resoplando, unos cachorros de león se perseguían, un mono pedía la limosna de un regalo para comer sacando la mano abierta por la jaula.

Había ido para conocer al orangután rojo cobre, arrebatado de las selvas de Indonesia, arrebatadas las selvas también.

El orangután estaba sentado inmenso, majestuoso, bajo techo.

Lo veía a la distancia de un patio, separado por un foso y un parapeto. Vino a mi encuentro.

Si un árbol tuviera ojos, serían los suyos.

Plantado con su peso en los nudillos, contenía el yacimiento de las generaciones y me recordaba a la época en la que mi cuerpo también se balanceaba colgado de una rama.

Los ojos del orangután me acompañaron hasta el fondo de mí mismo, a las épocas en las que estuvimos juntos.

En una de las noches primigenias, nuestros ojos astrónomos observaban el tiovivo de estrellas desde los árboles más altos y absorbíamos a través de las pupilas el cuerpo de la noche.

La hipnosis de sus ojos duró menos de un minuto.

Mi instinto fue saltar el foso y dejar que me adoptara. En cambio, miré al suelo y me alejé de allí.

Sentí el vértigo de remontarme al confuso presente de un pasado remoto.

Hijo, no te llevé al circo, ni al zoológico, a ninguna de estas esclavitudes animales.

La naturaleza sometida no es el buey en el arado, el yak bajo los pertrechos de las expediciones, el camello ensillado: es el zoológico.

Iba allí con los libros bajo el brazo, desertando del instituto.

Las horas que los alumnos pasaban en los pupitres las consumía yo en semilibertad.

Para que no me encontraran en la calle, me encerraba allí. Cuando se abrían las puertas era el primero.

Los celadores me miraban mal, ellos sin la suerte de estudiar, yo que la desperdiciaba.

Superado el reproche, caminaba por los paseos de eucaliptos, visitaba los recintos.

Entre las jaulas reconocía mi privilegio, pero no me bastaba.

Leía libros sobre otras libertades, tomadas a la fuerza, historias de rebeldes americanos.

Marcharme: me latía en la cabeza el verbo en infinito solitario.

Era un hijo ingrato, pensar en ese desapego era ingratitud.

Inauguraba mis asperezas.

A mamá la llamaban del instituto, escuchaba a los profesores, volvía con reproches. Yo los encajaba en silencio, acumulaba impulsos de expulsión.

Se había clavado en mí el adiós a esa casa suya, a la mesa puesta, a la cama hecha, a la calderilla para el autobús.

Adiós a la ciudad hacia cualquier otro lugar. Nada de lanzamientos de moneda para gobernar la dirección.

Es un callejón estrecho, la libertad, lo supe entonces, entre las jaulas del zoológico.

Algunos animales me reconocían.

Me llevaba a escondidas trozos de pan seco de casa. El elefante estiraba su nariz prensil mientras yo alargaba el brazo sobre el foso de separación.

En un mínimo segundo se producía el intercambio, un toque de sus fosas nasales recogía delicadamente el obsequio y se lo llevaba a la boca.

Era el contacto entre dos bondades. Entonces se podía dar comida a los animales.

Le ofrecía otro trozo de pan al hipopótamo que se acercaba al antepecho abriendo de par en par la garganta, que soltaba un vapor de entrañas. La alcanzaba con un tiro corto.

Recorría las jaulas una por una. El león mandaba su reclamo, una regurgitación de aire comprimido que humeaba en invierno.

Volví a oírlo en las noches de África en una aldea de Tanzania, en mis tétricos treinta años.

Rugía después de la puesta de sol, al otro lado

del río. Señoreaba por encima del enjambre de mosquitos.

Tras el recorrido por las jaulas, me quedaba leyendo el libro escondido entre los de estudio.

El zoológico era el recinto de los olores: heno, excrementos, carnes echadas a perder. Me destapaban la nariz, obturada por una rinitis crónica.

Las fosas nasales cerradas contra los gases de la ciudad entre las jaulas se liberaban.

También me sucedía en verano, aspirando el agua de mar por la nariz.

Es mi sentido salvaje, no puede soportar los olores de la ciudad, ni los perfumes, ni los jabones. Me afeito sin espumas, me basta con el agua caliente.

Mi nariz queda hechizada, aturdida por el agua salobre de un puerto, la mezcla de nafta, cuerdas, velas, pescado, hierros oxidados.

El humo del laurel llevaba al éxtasis a las sibilas, requeridas para predecir acontecimientos. Yo podría hacerlo en un puerto pesquero.

Estuve criando animales en el campo, aprendí a sacrificarlos, forzando mis manos.

Luego lo dejé, abandoné el campo, me fui a la fábrica. Saqué los últimos conejos de las jaulas, murieron libres.

Ahora vienen a refugiarse alrededor de mi

casa los animales que huyen de la caza. Encuentro huellas de puercoespines, plumas de abubilla, de faisán.

Me pregunto a mí mismo: ¿no podía evitar matarlos, salvar las manos, la mueca en la cara, mientras fui dueño de un criadero?

Respondo que no. No pude salvar nada, tenía que pasar por ahí con huesos y yemas de los dedos para saberlo. Para recibir de todo golpe un contragolpe, de toda culpa otra, que no es remordimiento, sino consternación.

Solo aprendo de lo que cometo. Así lo desaprendo.

Tú no tendrías esos límites. Te imagino de niño que me escuchas y dices: «Eso no lo haré».

Yo también sabía decirlo como reacción ante los adultos. Estaba aprendiendo a rechazar.

Con la vida animal serías veterinario y manejarías el microscopio.

En los años de la guerra de Bosnia no tuve la libertad de quedarme mirando, ni libertad para apartar la vista de los noticiarios.

Tuve que asomarme. La libertad era el deber de ir allí.

El túnel excavado bajo el Igman, la montaña, conducía a Sarajevo.

Un kilómetro angosto en fila india, con las mochilas llenas de medicinas y arroz. Se pasaba por debajo de las botas del asedio.

Era un kilómetro de claustrofobia. No habría sido un buen minero.

Quienes la sufrían más que yo entraban en el pasadizo de todos modos. A la salida, el aire apestaba a plásticos quemados por los incendios de las granadas que estallaban dentro de las casas.

Los gases del asedio se estancaban en Sarajevo. La ciudad estaba un poco menos destrozada que Mostar, en la orilla este del río Neretva, donde descubrí que los incendios de las casas no calientan. Hay fuegos que te dejan helado.

Aprovisionábamos a los refugiados, que se habían marchado con sus casas en una maleta, la llave colgando del cuello como un amuleto, jurando que regresarían. Juraron en vano.

La libertad que he conocido ha sido ir y quedarme donde no me quedaba más remedio.

¿Te aburro con estas cosas? Tómalas como juegos de la fantasía, donde puedes intervenir en la trama, cambiar los personajes.

Hay dos causas para que el aire se desplace abruptamente: las avalanchas y las bombas.

Cuando cae cuesta abajo, el frente de nieve lanza por delante de él una catapulta de aire. Es tan compacta que despelleja un bosque antes incluso que la masa nevada.

El aire de la explosión, en cambio, está más concentrado y destroza en su radio más que las esquirlas de fragmentación.

Guardo una que saqué aún caliente de un muro detrás de mí.

Me agachaba anticipándome. El proyectil tiene un silbido, se puede saber si caerá cerca.

Al levantarme, vi el fragmento hincado y me lo metí en el bolsillo.

Ocurría en Bosnia. En Belgrado, unos años después, ardían hasta las piedras a causa de las absurdas temperaturas de los nuevos explosivos, experimentados en caliente en medio de la ciudad.

Llovía fuego desde lo alto de los cielos, como está escrito de Sodoma y Gomorra, de misiles lanzados desde lejos.

He visto que la guerra es la humanidad contra sí misma, por aniquilación. Es voluntad de quedar unos pocos, para satisfacción de los supervivientes.

Estamos acostumbrados a los terremotos, a las inundaciones, a los temblores de la superficie.

Es diferente tener que temer al cielo despejado que descarga avalanchas de proyectiles, tizna la Tierra.

Los desplomes son el ruido de la ciudad que gruñe contra la agresión, estando atada a la cadena.

Los desplomes resuenan dentro de las entrañas, te hacen venir disentería. Gritaba la sirena de los bomberos que corría sin esperar el final del ataque.

Esa primavera, el Danubio y el Sava desempeñaron intensamente el trabajo de barrenderos de la muerte.

Ayudados por lluvias fluviales hasta desbordarse, fueron a descargarla al mar Negro.

El 1900 se marchó así, en brazos de la corriente en crecida. Ha sido un siglo cíclope, gigantesco y ciego.

Una cantinela dice que la vida de un hombre dura cuanto la vida de tres caballos. En esa ciudad de ríos me despedí del segundo caballo del establo, en la más fragorosa de mis primaveras.

La crónica que escribí se la quedó un periódico francés. En Italia, a la prensa no le gustaba el contrapunto a los bombarderos que despegaban de Friuli.

Durante los fines de semana, las familias hacían pícnics en los alrededores de la base de Aviano, presenciaban el despegue de vuelos a plena carga, de vuelta ya ligeros una hora más tarde.

De regreso en casa, mamá puso sobre la mesa sus berenjenas a la parmesana. El perro lobo me saludó con su desapego habitual.

En el campo, la hierba se había levantado hasta las rodillas, había que cambiar dos tejas, había llovido dentro de casa.

Me dijo que ella no había podido evitar la guerra, que venía del aire ya en junio de 1940.

«Tú has ido a buscarla y no es la misma guerra.»

Sí, fui a donde las ciudades estaban siendo bombardeadas.

«No, no es lo mismo», le contesté. Nadie por allí hablaba napolitano. Lo único igual era la sirena.

Nunca volvimos sobre aquello.

Fue entonces cuando me puse a escribir la historia de la calle de Nápoles, de un bumerán y de una posguerra. Con la flamante fecha del año dos mil, empecé a escribir al revés.

De nosotros dos, el poeta de Sarajevo decía que éramos los hermanos Grimm. En medio de las convulsiones contábamos cuentos.

Me regaló un trozo del frontón de la Biblioteca de Sarajevo, recogido sobre un montón de escombros. Un día tendré que devolverlo.

Bebo, que se me seca la lengua.

Juntos en la mesa, él vodka y yo bebía vino. Luego repetía de memoria versos de Mandelstam, Esenin.

Lanzaba junto al aliento alcohólico las sílabas del ruso. En la cima de la escucha me parecía entenderlas.

Las oí caer fragorosas, las habían pescado de sus ríos inmensos, en las llanuras donde Asia se mezcla con Europa.

Algunas las he aprendido yo también, pero las

que me repito de corrido no caen fragorosas, chapotean.

De la voz del hermano Grimm calentada por el vodka me salió la compra de la primera gramática rusa.

En la mesa donde estamos ahora, él se sentaba donde te sientas tú.

Había otras personas, hablaban entre ellos, pero su voz con los versos escandidos me aislaba. Solo estaba él, con el aliento corto para no romper en canto, refrenado como un trote que no debe ascender a galope.

Su voz volvía a los sótanos del asedio donde saciaba de versos los intestinos vacíos de los que iban a escucharlo para olvidar. Dejaban que los versos los atraparan por las orejas y se los llevaran lejos de allí.

Veladas y vigilias de poesía en la ciudad quebrada: la especie humana inventa las divagaciones más impensables.

«Si tenéis hambre, mirad a lo lejos», canta una estrofa de nuestros soldados en la guerra, la primera que se combatió en las montañas.

En Sarajevo, si tenían hambre iban a escuchar a los poetas de noche a la luz de las velas.

No me gusta su sabor, pero guardo cariño por el olor a vodka, amalgamado de ruso en la voz de mi hermano Grimm.

He estado en su tumba en Sarajevo. Me imaginé con precisión su sonrisa desesperada, con la que mueren los viejos.

Mejor el vino, dices. Eso creía también Noé, la única planta a bordo era la vid, que él puso a habitar la primera en la tierra que emergió del diluvio.

También lo creían nuestros campesinos que emigraban hacia las Américas. Envuelta en un pan de tierra, la vid viajaba con ellos, como augurio para que arraigara pronto junto con la nueva vida.

También ha habido una vid de retorno. Cuando la filoxera secó las raíces de las plantas en Europa, vino un pie de vid americana, resistente, sobre el que injertar los viñedos.

Brindemos por las raíces que han cruzado océanos para hacer la ola en nuestras copas.

Bebo también por los recuerdos de ti que no he tenido, por la salud de tu madre a la que no conocí.

El tercer sorbo va en memoria del beso número uno a finales del verano del 64. Me daba tanta vergüenza que lo pedí por carta, de viva voz no lo habría logrado.

Ella también tenía catorce años, dijo que sí, una breve cita en una habitación.

Era por la tarde, con los postigos echados, las cigarras en coro. Me estaba esperando quieta en el centro de una sala de estar.

Me acerqué, con los brazos rígidos de un soldado en el desfile, y me detuve frente a ella en una inconexa posición de firmes.

No lo suficientemente cerca, pero ya me había detenido y dar otro paso podía rayar en el ridículo.

El aroma de su pelo lavado y secado al sol se me subía a la nariz, caliente, intenso.

Me miraba expectante. Estiré el cuello, no era suficiente.

Seguí inclinándome hasta perder el equilibrio, acabé en sus labios por un aterrizaje de emergencia. Hizo de contrapeso, me sujetó.

Luego se separó. No se rio.

Eso me permite recordarlo aún: que no se rio.

De lo contrario, habría hecho pedazos el recuerdo, lo habría dispersado en el mar.

No, he dicho una *guapperia*, una fanfarronada de chulo napolitano de cartón.

Me habría quedado con ese recuerdo, con el sonoro comentario de la pedorreta de papá.

A diferencia del *pernacchio*, como se dice en napolitano, la forma en femenino, hecha por él, era ruidosa y sacudía los nervios.

No se rio, misericordiosa, que la acompañe una bendición dondequiera que esté envejeciendo.

Abrí los ojos de nuevo, dije incluso gracias.

Ella me dio uno por su parte, suave, preciso, sin abrazo, solo para equilibrar.

Salió de la habitación, yo me quedé un rato más en la penumbra de los postigos verdes.

Empecé a oír las cigarras de nuevo.

Aquella chica y yo no volvimos a vernos. Al día siguiente regresábamos a las ciudades y al otoño.

No recuerdo nada del beso número dos.

¿Me habrías contado el tuyo? No. Hace falta mucho para hacerte abrir la boca.

Espero conseguirlo mientras zumbo en tus oídos con mis noticias.

Tomo otro sorbo, el recuerdo de los besos ha hecho que me entre sed. Añado un poco de leña al fuego, es cerezo silvestre.

En mayo da frutos agrios, escupo el hueso y lo entierro en el suelo.

La madera de cerezo es dura el primer metro, luego frágil de no poder apoyarse.

Hace buenas brasas para cocinar.

Por la mañana la recojo y la esparzo entre los árboles.

¿Dices que hay silencio en esta habitación? ¿Que oprime cuando dejo de hablar?

No lo noto, estoy sordo para el silencio.

El fuego hace crujir la madera, la llama resopla, ¿a qué silencio te refieres?

Al humano.

¡Milagro, el mudo ha hablado!

Esta frase era de mi padre.

Fue en los años de las órdenes de detención, a

petición mía había accedido a hospedar en su casa a un fugitivo, uno de mi grupo.

Era un dirigente y se daba muchos aires. Comía en la mesa sin dirigirles la palabra a mis padres. Me enteré más tarde.

Teníamos un juego, un rompecabezas artesanal con más de mil piezas de madera. Estaba sobre un tablero de contrachapado en una habitación. Por la noche nos reuníamos a su alrededor.

Papá aún podía ver. Se sumaba al juego también el invitado. No se le daba bien, nunca colocaba ninguna pieza.

Una tarde logró hacer encajar una y, por la sorpresa, le salió decir algo.

Entonces papá dijo: «Milagro, el mudo ha hablado».

A partir de entonces lograron intercambiar un poco de conversación.

Un fugitivo se alojaba en una vivienda segura durante unas semanas, luego debía desplazarse a otra. Teníamos una red de seguridad muy eficaz.

El milagro se ha repetido, has añadido dos palabras al mosaico de esta noche. Las tengo en cuenta.

Así que el silencio que percibes es solo el humano.

El ruido del fuego, el zumbido del viento en los árboles, hasta el relámpago que ha cortado la corriente, no son para ti voces. Tienes sentidos de ciudadano.

A mamá le entraba la melancolía cuando los rayos nos obligaban a estar a oscuras.

Las velas son para mí un remedio, para ella eran un regreso a las tardes de guerra, sin música en la radio, sin compañía.

«Yo era una niña en la edad de piedra», decía.

Para ella, una vela no era simplemente una vela.

Entonces le prestaba la lámpara frontal de las noches en la montaña, así podía leer sin recuerdos de melancolía.

El campo era para ella un destierro, el asilo en casa de su hijo.

Medio en serio decía que el canto de los pajaritos la ponía de los nervios.

Leía tres periódicos por la mañana, escuchaba la radio, me informaba.

Te pareces a ella, sigues los noticiarios, los artículos de investigación. Te defino como un paisajista, enfocas los detalles.

Yo me siento como un impresionista, falto de precisión en los rasgos.

¿Qué sabes de mí?

Tienes un carácter particularmente sociable. Charlas de buena gana con cualquiera con quien te tropieces, tomas la iniciativa, intercambias palabras amables en la calle, incluso en medio del tráfico.

Tienes como don una cordialidad espontánea y la suscitas como respuesta.

No me cuesta trabajo.

Pero no eres así ahora y no eres así contigo mismo. Por la mañana te levantas de mal humor, te sientes desanimado a menudo. Pero en cuanto sales, te transformas.

Te gusta ofrecer un poco de tu vivacidad a los desconocidos.

Puede parecer una misión, un compromiso que yo llamaría político, porque en su mejor versión un compromiso político consiste en un comportamiento, más que en un ideal.

¿Compromiso político saludar a las personas con una sonrisa, preguntar qué tal está al camarero, al quiosquero?

No te das cuenta, pero eso es lo que haces al hablar, cuando te presentas, sonríes.

Lo haces con naturalidad y como ciudadano privado, pero el resultado es público. Dejas tras de ti un aire mejor en la cara que has visto. Por eso defino una misión, un compromiso político civil, tu cordialidad.

Como es natural, tampoco falta el arisco, el tímido que hace caso omiso de tu amabilidad, que la rechaza. Pero tú sigues adelante sin dejar que te estropee la disposición a ser amable con el sucesivo encuentro.

Es tu índole y la admiro. Intento imitarte a veces, pero no me sale tan bien.

Te admiro porque conozco asimismo tu lado prudente y reservado.

Lo eres con las personas a las que conoces mejor, con las que tienes trato. Creo saber por qué. Porque eres vulnerable, temes acabar decepcionado, incomprendido. Por eso te contienes.

Esta noche también te comportas así.

Un desconocido, con quien me tropiezo una vez y nada más, me resulta instintivamente simpático. Sé que ningún comportamiento por su parte puede herirme. En cambio, las personas a las que conozco no es raro que me juzguen entrometido o demasiado disponible. Me sienta mal, por eso me contengo.

Estás hablando de la envidia de los demás, sin nombrarla porque no la percibes.

Existe, es una dolencia muy extendida y generalmente perjudica a quien la experimenta.

Quien no siente envidia no la reconoce en los demás.

En eso te pareces a papá. Era cordial con todo el mundo. Hacía preguntas a la persona que se hallaba a su lado, situándola en el centro de su atención.

La hacía sentirse importante. Estaba sinceramente interesado, quería saber.

No era un pretexto para hablar luego de sí mismo.

Pero si se trataba de pintura, entonces no le pedía a nadie que posara para él.

Habría sido retener.

Por eso pintaba lugares, no personas.

Había leído una biografía de Cézanne. Para hacer el retrato de Ambroise Vollard le hicieron falta ciento quince sesiones.

Nunca podría haber hecho algo así. Esa no era para él la forma de situar a una persona en el centro de su atención.

Hace poco leí ese libro. Había escrito en él su nombre y la fecha: 1946.

Admiraba tanto a los pintores como a los escritores.

Compró un caballete de madera clara, de haya, pinceles, paleta.

Estrujaba de los tubitos unos colores diáfanos y absolutos. Luego los mezclaba y eso no me gustaba, perdían carácter.

Todavía tengo uno de sus paisajes, conservado por casualidad: un edificio rosa a la entrada del puerto de Isquia. Las otras pinturas las tiró mamá durante las mudanzas.

Quién sabe dónde está el caballete, volvería a comprármelo a precio de oro.

No le importaba que los lienzos acabaran en la

basura. La pintura le hacía compañía, duraba lo que el tiempo de realizarla.

He sacado de él el desapego por las cosas terminadas.

Es un rasgo de superficialidad que no permite a la vanidad mantenerse. Si me entra alguna, la olvido a toda prisa.

Me importa la página que me desvela mientras la estoy escribiendo, no las ya escritas, nunca releídas.

Soy yo quien lamenta sus lienzos perdidos. Metería la nariz en cualquiera de ellos, olfatearía el residuo de una pincelada.

Él metió la nariz en mi primer libro publicado. Cogió el ejemplar, lo abrió y olió el papel.

No podía leer. Vuelvo a ver ese gesto ahora. Olfateando, sonrió.

Olía a una sucesión diferente de su hijo, sin grasa de mono de trabajo, un uso diferente de las manos.

Cerró el libro y se puso a morir a los pocos meses.

Adelgazó, como quien tiene que cruzar una angostura.

Lo llaman cáncer, tumor: no es más que un nombre clínico.

Es la muerte, antigua, personal, urgente.

Ese libro se lo leyó mamá, como me había leído a mí el primero, durante las fiebres escarlatinas.

Sé que lees a Proust. Mamá lo releyó tan a menudo que tuvo que mandar los libros a encuadernar.

Yo nunca lo he abierto.

Practico abstinencias literarias de las grandes firmas del 1900.

Abandoné en las primeras páginas a Joyce, Beckett, Musil, Brecht, Sartre.

Leo a la manera de las navegaciones, alejado de ciertos promontorios.

Creo que solo Borges es obligatorio.

Más que gustos, declaro reticencias.

Lo desapruebas, ya lo veo, criticas mi conservación de ignorancias.

No leo para visitar a los autores, para saber que los he leído.

En el suelo tengo el busto de bronce de un hombre cayendo, la mano abierta con la palma hacia arriba para defender la cara del impacto contra el suelo.

En esa mano abierta he puesto una piedra, un adoquín de calzada, recuerdo de una época de lanzamientos.

Ese es mi modo de lector, el añadido personal que cambia el resultado.

Todo libro se presta a la variante de quien lo está leyendo.

Como lector sé que la relación entre el autor y yo es igualitaria, uno a uno.

Sé que sientes un respeto religioso por los libros que no te permite doblar la esquina de una página.

Dices que es un privilegio colocar uno en tu regazo y recorrerlo.

Dices que muchos, mejor dicho, multitudes, ni pueden ni imaginan siquiera un libro.

Dices que no merezco tenerlos, esparcidos por la casa sin saber cómo encontrar uno por más que lo busque.

Es verdad, no me importa dar vueltas por las estanterías, aunque sean vueltas en vano, dejarlo sin haber encontrado.

Respeto a los que tienen sus libros en orden. Yo los dejo en desorden, según la ocasión en que tuve trato con ellos.

También les pasa a los amores. ¿Los mantienes también en orden?

Por lo menos te he arrancado media sonrisa.

Descubrí que me falta el sentimiento de los celos.

Una mujer me mentía sobre algunas de sus salidas nocturnas. Dejó por distracción un indicio, yo lo encontré por casualidad.

Hubo consternación, rebusqué dentro de mí la ira de los celosos y no estaba. Sentí un desconocido descorazonamiento.

Tal vez haya amado poco, sin llegar a la temperatura de la posesión.

No pretendo ser suficiente para una mujer, no me atañe la exclusividad.

¿Dices que me hago trampas a mí mismo? ¿Que censuro mis celos para demostrar superioridad?

El dolor de aquella vez lo recuerdo bien, un dolor de dientes esparcido por el cuerpo: habría querido censurarme eso. Entonces sí que podría haber aspirado a una superioridad.

En cambio, yo era inferior e inadecuado para los celos.

Jacques Brel, en una canción suya de dos viejos amantes, le hace decir a él que, como es natural, ella ha tenido algún amante: su cuerpo también requiere sus tumultos.

Y añade una de sus rimas perfectas: «Para que envejezcamos sin ser adultos».

Para mí fue menos que eso, no tuve que hacer su generosa concesión al cuerpo de la amada.

Me miras resignado. Dices que conmigo es inútil jugar a ver quién coloca mejor las palabras.

No es cuestión de habilidad de vocabulario, sino de una voluntad de poder y posesión que no tengo.

Es voluntad de impotencia.

Tengo que pensarlo. Voluntad de impotencia, dominio sobre el deseo, por tanto, hasta el punto de no quererlo.

Es una fórmula comprometida. Me pediría demasiado a mí mismo.

Voluntad de impotencia es lo que pide el mandamiento: «No desearás a la mujer de tu compañero».

Se ordena no dar inicio al deseo, cercenar el pensamiento en la primera sílaba.

Si crees que la mujer de tu compañero está al alcance de tu deseo, ya estás en el tobogán, y el esfuerzo por contenerlo se vuelve imposible.

Si permites que el deseo se plante en los pensamientos, es demasiado tarde.

Lo sabe, por eso ordena: «No desearás».

Aquí reconozco la voluntad de impotencia.

Muy al contrario, aquí se manifiesta la voluntad de poder sobre ti mismo. Quien domina sus propios deseos es dueño de sí mismo.

Dejo las definiciones en paz. No me cuesta ningún esfuerzo, no siento deseo por la mujer unida a un hombre. No tengo que contenerme, no la miro.

Sonríe de nuevo.

¿Tienes ojos voluntarios que la excluyen del campo de visión?

La veo, sí, pero no me quedo mirándola, evito la prolongación de la mirada.

El verbo *ver* sirve para medir la distancia.

El verbo *mirar* da curso al deseo de acercamiento.

No sé si se corresponde con las definiciones del diccionario. Se corresponde conmigo, reconozco la diferencia en mí. Vale para mis sentidos.

Voluntad de impotencia: ¿qué es lo que realmente no quiero?

No quiero el poder, en ninguna de sus formas.

Como escritor, me incumbe la facultad de palabra. La escribo, la pronuncio, actúo como altavoz de mí mismo y de alguna causa pública, de alguna parte ofendida, sin ser escuchada.

No asumo encargos, no ostento ningún mandato.

No hago de delegado ni lo soy, tampoco confío a ninguna otra persona el poder para obrar en mi nombre.

En las asambleas de fábrica en los años setenta los obreros silabeaban a coro: «Delegados somos todos».

Fue un privilegio estar donde se producía este anhelo de democracia integral.

Fue un honor ser admitido.

Si en lugar de hijo hubieras sido hermano, tendría curiosidad por saber qué habrías hecho tú.

Como hermano mayor, no habría seguido tus pasos. Como menor, habría profundizado en ellos,

llevándolos más allá. No te habría gustado como hermano.

Habría sabido al menos que estaba en medio de dos posibilidades.

Mientras estuve en esos tiempos, no conocía variantes, lo que había que hacer era una sola cosa.

Anarquía significa literalmente «contra la autoridad». Antes de ser una palabra política, fue una palabra personal.

Para mí ha seguido siendo así. Admiro los movimientos anarquistas en España, en Italia, pero no me habría inscrito.

Me considero inscrito en el vocabulario. Me veo como un instrumento de transformación, por un lado entra la vida desplegada, por el otro sale la escrita.

Las palabras no son herramientas, tienen una historia, una biografía propia, son seres vivientes, y por tanto también murientes.

Esta es una declaración mística. No eres creyente en una deidad creativa, pero eres creyente en un vocabulario. Pierdes bastante en el cambio.

Prefiero creer en la obra de un creador, autor de partículas nucleares y de galaxias.

¿Sabes que el universo se está expandiendo? ¿No te parece genial que la vida existe porque va a la deriva junto con la Vía Láctea?

¿No es genial que nuestro cuerpo esté compuesto de hidrógeno, el gas más extendido en el universo? ¿Que estemos hechos del mismo elemento?

Llegados al umbral de estas evidencias, ¿no es mejor aplaudir al maestro de obras?

Admitir a un autor sería para mí abrir un proceso continuo de incriminación, lo acusaría de cualquier injusticia, agravio, defecto, incluso de la muerte.

Lo llamaría al estrado como acusado, no como testigo.

Ya se ha hecho, de Job en adelante, pero el tribunal es suyo, por tanto, se absuelve de todos los cargos.

Cuando se me paró el corazón en la camilla de urgencias, sentí el negro, no un color, era una densidad.

Como si yo fuera una gota en la tinta. Me dio tiempo para un solo pensamiento: así que esta es la famosa muerte.

Entonces el desfibrilador volvió a abrir mi circulación sanguínea y mis ojos también, vi algunas caras desconocidas. Luego, de vuelta al negro dos veces más.

En ninguna la idea de encontrar algo más allá del final.

Estaba el verbo *perder* y el pesar de no volver a ver a mamá.

Luego los sueños artificiales de la sedación en

la unidad de cuidados intensivos, la copa de un árbol en la ventana de aquel sexto piso, el tiempo escandido por el gotero en las venas.

Los días eran puntos de sutura entre la vida anterior, ya terminada, y su prolongación, añadida en el último segundo.

Me miras, buscas una melancolía, el asidero de una fe, que no está.

La fe sirve para darse una modestia respecto a la propia vida. La fe sirve para sentir gratitud por el regalo de estar aquí.

A la entrada del templo de Apolo en Delfos estaba escrito: «Conócete a ti mismo». Conócete para admitir tu mínima medida ante el dios que visitas. Considera quién eres y luego entra.

Tú te sientes dueño de ti mismo, pero somos invitados.

Lo lees en las páginas sagradas que frecuentas, la Tierra y la vida las tenemos en préstamo. Somos inquilinos en alquiler y no en condominio con la divinidad.

Buena esa imagen tuya de entrar al templo. Me ayuda a decir que me quedo fuera, sin saber exactamente de qué.

Una vez escribí: fuera del campamento. Reconocía sus confines, para saber que estaba fuera de él.

Son confines netos. Una persona se dirige hacia la divinidad, pide audiencia, la consigue. Otra renun-

cia. De eso se trata en tu caso, de una renuncia, no de una carencia.

La fe no es una de las distintas intimidades que te faltan, es una renuncia tuya a recibirla.

Leo Escrituras sagradas en cada despertar, sería el más empedernido de los renunciantes.

Es mucho más sencillo, no puedo recurrir a una deidad y me di cuenta a punto de morir.

Admito que la frase es maravillosa: «*Agnus Dei qui tollis peccata mundi*», cordero de Dios, que quitas los pecados del mundo.

La cría inmolada carga con ese peso con su sacrificio.

Es una frase enorme, no hace falta fe para entenderla. Pero no puedo recibirla como verdad. Si lo es, está más allá de mi horizonte.

¿Porque es inverosímil? Pero si es precisamente esa la manifestación habitual de la verdad: es inverosímil. No se presenta de forma agradable, aceptable por la mayoría, al contrario, produce escándalo. Tampoco se presta a verificación.

El arranque de la verdad es incluso insoportable. José cree en la verdad de María, en la versión inverosímil de su embarazo fuera de la ley. Cree por amor y por eso está a la altura de la verdad. Por eso sabe que María no lo ha traicionado con un desconocido.

No alcanzo ni me alcanza la temperatura de esta verdad.

Nunca me he visto puesto a prueba como él. He conocido otros desbaratamientos y no me acercaron a la energía de la fe.

Y ahora basta con estos argumentos desmesurados.

Un momento más. ¿Cómo te las arreglas sin un credo para recordar a los tuyos, cómo puedes soportar no volver a encontrarlos, no reunirte con ellos?

En sueños me reúno con ellos, y en algunas páginas que escribo. En esos momentos seguimos estando juntos. Pero dónde están y cuándo: no tengo fuerzas ni pretensiones de saberlo.

Quiero hablarte de un primo coetáneo mío, diferente en todo de mí. Nació, vivió y murió en Milán, desmoronado por el vino. Manso, alcohólico, afectuoso, de niño la polio le había acortado una pierna. Cojeaba y fingía que no. Pero no podía fingir una carrera y decía que no le gustaban los juegos en los que había que correr.

Lo apasionaba el automovilismo. Una vez que estaba en Milán por algún compromiso de Lotta Continua, quiso llevarme al Gran Premio de Monza.

Nos colocamos gratis en un punto del circuito,

lo ayudé a trepar por encima de una gran valla publicitaria.

Estaba entusiasmado, yo no, me era indiferente ese dar vueltas y vueltas. Solo veía avispones motorizados, sin poder distinguir quién iba delante y quién detrás. No había nada que ver. Espectacular era la multitud aferrada en lo alto, árboles incluidos.

Algunas noches me acuerdo de él. Su nombre rimaba con *cardo*, pero sus espinas se dirigían hacia dentro.

En los años del furor político se declaraba anarquista, pero era su manera de mantenerse al margen.

Se deshacía de vino en los tugurios a orillas de algún canal milanés, tocaba guitarras colgadas en esas paredes, comía casi nada.

Sus huesos se habían vuelto quebradizos y se los rompía. Ya lleva muchos años muerto.

Empezaba el día derrotado de salida. Solo hablaba en dialecto, como única protesta contra el mundo.

Ni un trabajo estable, ni una mujer, un hijo, nunca hizo gran cosa, pero tampoco daño ni agravio a nadie más que a sí mismo.

Algunas tardes se me viene un pensamiento con él dentro, entonces lo veo sonriendo y fumando.

Me preguntas dónde están todos ellos, esos desaparecidos. Sé dónde está él. Está aquí mientras te lo evoco y está dentro de un vaso del que queda la mitad.

Respuestas literarias, se ve que tienes un agujero en el centro y que lo tapas a tu capricho. No te saldrás con la tuya mediante historias, ¿sabes?

Como tu primo con el vino, ni en su vaso ni en tu agujero hay respuestas. Solo aturdimiento.

No consigo imaginarte de niño, por ejemplo, una noche de Navidad. Desde la muerte de mamá dejo que pase igual que esta.

No celebras la fiesta. ¿Por espíritu de contradicción o por deformación revolucionaria como opositor de las usanzas?

Fui un militante revolucionario mientras hubo una multitud que actuaba así.

Después de eso, no puedo usar el término *revolucionario* para una conducta individual.

Entonces se trata de una variante obstinada de comportamiento. Queda por saber si lo decides en frío o por un impulso emocional.

Para Navidad se trata de abstención a causa de un luto. Ya después de la muerte de papá, esa noche quedó reducida a lo mínimo.

Ahora programo para Navidad mi Día de Muertos yendo a escalar alguna roca.

En cuanto al último día del año, la abstención se remonta aún más atrás y no recuerdo la causa. No me atrae el jolgorio.

Nápoles a finales de año era una erupción de fuegos escapados del cráter.

Los balcones rivalizaban en ver quién alborotaba más a fuerza de estallidos.

En nuestra casa los petardos estaban excluidos, se permitían algunas bengalas.

Evito Nochevieja. En la mañana del 1 de enero de este año me fui a dar un paseo junto al mar, en la playa.

Durante unas horas fui el único superviviente del mundo.

Digamos que esta noche es la de Navidad entre nosotros. Desenvuelves el paquete y te encuentras en las manos un sombrero de soldado alpino con una pluma de cuervo.

Fue un regalo inolvidable cuando lo recibí de papá.

Me había alistado en su pasado, me había pasado una consigna.

Lo estoy haciendo contigo. Te veo con ese sombrero en la cabeza.

En otro paquete encuentras un cascanueces con mangos de bambú. Estaba en el cajón de un mueble salvado de la casa bombardeada. Nos lo pasamos alargando algunas cenas de invierno.

No sé dónde acabó perdiéndose. Lo encuentro de nuevo esta noche entre los objetos perdidos y te lo asigno como regalo.

Durante cierto periodo yo abría las cáscaras de las nueces con la frente.

Tras dejarlas sobre la mesa, las golpeaba con el peso de la cabeza.

Lo hacía si había un niño en la mesa, para su estupor y sus risas.

Usa el cascanueces, prueba unas almendras, cultivadas a pocos metros de la mesa.

El almendro es un árbol serio, el primero en florecer en pleno invierno, el último en liberar su fruto.

Su madera dura largo rato en el fuego.

Lo planté en el siglo pasado, abriendo la tierra con el pico para quitar las piedras del terreno volcánico y calloso.

Las almendras son el regalo que la tierra me hace. Su otoño ha sido generoso esta vez.

Coloco las brasas para una rebanada de pan. Tostada y con un chorrito de aceite nos permite seguir juntos un rato más.

Me gusta la gente que ama el pan con aceite.

Huelen a fresco. Olfateo en ellos el mistral.

Los olivos también toman sustancia del viento.

Los dedos se untan, perfectos para las huellas dactilares.

Las investigaciones de hoy se entregan a la huella genética. Prefiero la vieja firma que dejan los surcos de las yemas de los dedos. Los míos están magullados por los asideros.

Tú prefieres el tenis, el sonido de pezuña de la pelota que golpea en el centro de la raqueta.

Escalar es un juego mudo, pero tarareo mientras empujo hacia arriba.

Me ayuda a regular el aliento, a no olvidar la respiración en alguna apnea.

Este año llegué a una cumbre en los Dolomitas sin cruz.

Es una montaña incómoda, secreta. La línea de escalada la abrió un alemán, Hermann Buhl, el año en que nací.

Era la mitad del siglo, lo peor acababa de terminar. Las montañas eran el regreso a las razones de la tierra, a la dicha de medirla palmo a palmo.

Fuera se ha levantado el viento.

Es del norte, hace el ruido agudo de un golpe de tos en la chimenea.

Quemaba en la garganta y nos hacía toser la pimienta de las gachas de garbanzos que nos llevaban aún calientes a quienes vigilábamos el bloqueo de las puertas.

Estuve allí treinta y siete noches de otoño en 1980.

La ciudad proporcionaba comida y madera a la acampada que hacíamos los obreros.

Por la noche, algunos grupos intentaban atacar nuestras defensas, derribarlas.

Surgían en la oscuridad al asalto, lo lograron una vez, las demás no.

Porque luego éramos nosotros los que les dábamos caza.

En las avenidas que rodeaban la gigantesca fábrica, por la noche, se vivían amargas refriegas.

Ardía en la garganta la pimienta de las gachas y en el cuerpo la ira de los hombres expulsados de los talleres.

Situados ante la puerta de la fábrica, la bloqueaban, atrancada por sus cuerpos.

La planta más grande de Europa permanecía a sus espaldas muda y vacía.

No éramos una minoría. Éramos la mayoría de nosotros mismos.

Decidíamos en asambleas abiertas el cierre a ultranza.

Para mí fue el último puesto de avanzada antes del desierto de los ochenta.

No había margen para ninguno de nosotros.

Al cabo de treinta y siete noches, todo acabó. Nos quedamos fuera, pero ya no compactos frente a las puertas, ni juntos ya.

Acabó allí la pertenencia a esa época llamada toscamente: *juventud*.

Fue una época que englobaba otras, los años siguientes como obrero diurno y nocturno, los años de algunos de nosotros dispersos en los penales, sellados al vacío.

Cuando un chico hoy conoce a uno de ellos, no se percata de nada.

Si el discurso surge de pasada, le pregunta asombrado: «¿Has estado en la cárcel?».

El otro lo admite, pero no tiene ganas de pasmarlo aún más diciéndole que ha pasado veinte años allí.

Un montón de personas a las que conozco se han pasado un tercio de la vida en una celda y no por ganancia personal.

Tampoco debo de ser muy recomendable yo, con conocidos así.

No podría haberte criado, me bastaba apenas para mí mismo.

Tenía una tensión oscura, sin título. Pasaba de un trabajo duro a otro.

Salté a la garganta de un capataz, estaba estrangulándolo con mis manos, me lo impidieron arrancándomelo a la fuerza.

Había saltado sobre él como una catapulta. Recuerdo las razones, no tienen importancia aquí.

Ha sido el viento en la chimenea lo que me ha recordado la tos y la garganta.

Muchos años después, una ola mal tomada me

lanzó con el cuello contra la arena, desplazándome una vértebra. Se me inflamó la garganta, no podía ni tragar el agua.

Fue el contrapeso del estrangulamiento con las manos, medida por medida.

Tú no crees en estas cosas, yo tampoco, pero aun así suceden.

Deja que sucedan, pero es superstición relacionarlas.

¿La superstición te molesta? Sirve para conjurar un problema, de prevención.

No me digas que eres supersticioso.

Alguna vez sí. Por ejemplo, no dejo mi cartera encima de la cama, de lo contrario el dinero se queda dormido.

¿Y qué? ¿Ha de sufrir de insomnio?

Al parecer, el dinero no debe dormir. Al día siguiente hay menos en el bolsillo, mientras dormía ha perdido parte de su valor de cambio.

Se llama inflación, ¿qué tiene que ver la cama con eso?

No lo sé, es un gesto de conjuro heredado, no dejes la cartera encima de la cama, y lo respeto.

¿Tienes otros como ese?

Los tengo y me los guardo para mí, de lo contrario me tomarás el pelo. No está bien burlarse de tu padre, aunque yo no lo sea.

Dime por una vez algo de ti que sea ridículo. Prometo no burlarme.

Te pondré a prueba si puedes abstenerte.

Un domingo por la mañana paré en un área de servicio en la autopista antes de ir a escalar. Yo era el único cliente.

Tomé un café y pedí que me envolvieran un bocadillo con una botella de agua. Fui al baño y cerré la puerta.

Justo el tiempo de hacer mis necesidades cuando oí una multitud de voces.

Eran voces femeninas.

Me había equivocado de servicios.

Era un autobús de monjas, se llamaban hermanas unas a otras.

Necesitaban retretes y yo ocupaba uno de los cuatro.

Intentaron entrar. Luego llamaron.

Yo estaba en silencio, consternado, en apnea.

Se preguntaron si estaría roto, si habría alguien que tal vez se encontrara mal, ya que no respondía.

La parte inferior de la puerta estaba abierta, temí que pudieran mirar por debajo.

Me puse de pie sobre la taza.

Con el bocadillo en una mano, el agua en la otra, era el monumento al desventurado desconocido.

Si hubieran abierto, se habrían encontrado al maniaco que se preparaba con provisiones para pasar el domingo escondido en el baño de las mujeres.

Si hubieran abierto, ¿qué podría haber dicho? ¿Que estaba esperando el autobús?

Nunca había pensado hasta ese momento que tenía una reputación que proteger.

De pie sobre la taza de un inodoro de autopista, estaba desprotegida.

A pocos centímetros del suelo, estaba sobre un abismo.

Pasé el cuarto de hora más ridículo de mi vida.

El grupo fue haciendo lentamente sus necesidades, hasta dejarme solo.

Me bajé del más incómodo de los pedestales, abrí la puerta y salí corriendo hacia la salvación.

Quedaba una última monja frente a un lavabo.

Mi velocidad no le permitió un tiempo de reacción.

Nunca he salido tan drenado de unas instalaciones higiénicas.

Si fueras un poco más gracioso, harías que el público se partiera de risa con esa desventura. Pero no eres capaz, no me ha hecho gracia, más bien me has transmitido tu tensión.

No eres capaz de relatar el ridículo, un déficit para un narrador. Me juego algo a que no cuentas chistes.

Lo has adivinado. Lo que no me gusta de los chistes es su premisa de tener que provocar las risas.

Me encanta cuando consigo que se produzcan, pero con una frase que sale de repente.

El chiste es rígido, procede según un mecanismo.

Me ocurre el mismo rechazo con las novelas policiacas. Noto el dispositivo que arrastra la realidad de una correa a hacer su recorrido hacia la conclusión.

Más que historias, me parecen demostraciones. En lugar de la palabra *fin* debería aparecer *QED*, «queda entonces demostrado».

No cuento chistes y no me gusta oírlos.

Insisto en que es un déficit para un narrador.

Lo admito. Solo puedo contar mis propias historias. Si alguien me cuenta la suya y me pide que la escriba, no sé cómo hacerlo.

No soy un profesional como esos guionistas que prestan sus habilidades a cualquier historia.

No entiendo cómo puedes ganarte la vida con un oficio que no dominas.

Estoy de acuerdo, hijo, no lo entiendo y no me intriga saber de qué malentendido se trata.

Añado que para mí no es un oficio.

Es una actividad con la que me hago la mejor compañía.

Como esta noche contigo: estoy con mi entretenimiento favorito.

En el primer libro que publiqué había episodios de despistes de un tío de mi padre que tenía mala vista.

Mientras ponía por escrito las historias que provocaban las risas en la familia, no era raro que me conmovieran sus intentos de ostentar desenvoltura para evitar el ridículo, pues en Nápoles son tan despiadados con los defectos como misericordiosos con los vicios.

Se esforzaba por vestirse con elegancia para que su aspecto fuera impecable, pero el tropiezo del lechuguino es más divertido.

Su nombre, Gennaro, reducido a Gennarino 'o cecato, ya advertía de su devaluación por parte del entorno.

Vestido como un almirante en uniforme de gala en un barco de vela en verano, con zapatos y gorra, quiso ser útil en el amarre echando el ancla.

No había visto el lazo de cuerda alrededor de su pierna.

Fue absorbido por el mar y se hundió sin un grito.

Un marinero de otro barco vio el accidente y saltó al agua para sacarlo.

No había gritado.

La vergüenza de prestarse a nuevas carcajadas públicas había sofocado el grito en su garganta. Había preferido ahogarse antes que llamar la atención sobre su torpeza.

Este episodio repetido seguía haciendo reír a mi familia. Yo mismo me habré reído de ello.

Pero al escribirlo, no. Contándolo en silencio en la página, surge el trasfondo de desesperación de un hombre que intenta salvarse del ridículo.

Por tanto, afloran en la escritura los resabios de amargura que yacen bajo la superficie de la risa.

Como compensación parcial, todavía hoy te acuerdas de él y me lo mencionas. El ridículo ayuda a que una persona perdure, más que su caso trágico.

Gennarino 'o cecato se ha convertido en una leyenda familiar. Nadie más de su época reaparece en los recuerdos. Es su redención.

Todos deberíamos presentarnos voluntarios para dejar tras de nosotros una desventura, un recuerdo divertido.

No eres de Nápoles. No tienes en tu sistema nervioso la alarma que te preserva del ridículo.

La persona que tropieza en las risas de los demás se convierte en un excomulgado público, peor que el cornudo.

Ser objeto de escarnio en Nápoles es llevar el cilicio de la penitencia perpetua.

La ciudad admite cualquier vicio y lo absuelve a título pleno con la sentencia: «Si es vicio, no es pecado».

Es la regla de una religión aparte.

En cambio, la persona ridícula cae en un círculo infernal incluso peor que el del gafe, este también recordado largo tiempo después de muerto, con gestos de conjuro, porque sigue siendo arriesgado nombrarlo.

Te voy a contar un episodio que es un buen ejemplo de qué clase de lugar se trata.

Una señora anciana escribía poesías en unos cuadernos y se sentía tan orgullosa y celosa de ello que se los llevaba siempre en el bolso.

Una tarde, de regreso a casa, es asaltada en el portal por un ladrón que quiere arrebatárselo.

La pobre mujer reacciona, lucha con fuerzas multiplicadas por la desesperación de perder sus versos.

La pugna, intensa y breve, no la salva de la pérdida. El ladrón huye con el preciado bolso relleno de poemas.

La mujer, consternada y angustiada, se encuentra en su mano el Rolex del *mariuolo*, del granuja.

¿Qué otro lugar conoces donde merodeen temerarios tironeros de poemas?

No soy de Nápoles ni de ningún otro lado, si no lo sabes tú. A quien nace le da igual la geografía. Se lo hacen pesar después.

Hablas de Nápoles como de una mezcla de arcilla, haces que me imagine a los napolitanos como salidos de las manos de un fabricante de belenes, cada uno inconfundible y necesario para el paisaje. Oyéndote, me da la impresión de que en Nápoles hay personajes y no personas.

Debe de ser difícil la profesión de actor en un lugar donde todos lo son.

Ya estamos con el equívoco de Nápoles como ciudad teatral: si el escenario está en todas partes, no hay escenario, que es un lugar elevado sobre la platea.

En los tribunales, el falso testigo da su versión de los hechos, instruido a grandes rasgos poco antes. Todo el mundo lo sabe, desde el juez hasta el ujier, pero se permite la representación porque la verdad judicial no es más que una versión. Basta con que esté bien montada.

¿Te hace gracia? No debería. Es una amarga burla de la justicia administrada en la sala del tribunal.

En los callejones, las peleas siguen un ceremonial *in crescendo* de voces y amenazas.

En la iglesia se espera el milagro del santo y de su sangre, incitando el prodigio con insultos si se retrasa.

La devoción se representa bajo la insolente manifestación de la impaciencia.

¿Cómo se atreven? En cuestiones de fe hay que atreverse con el tú, directo al objetivo.

No es la ciudad la que imita el teatro, sino al revés: el teatro remeda la ciudad más densa en personajes y personas por kilómetro cuadrado.

Donde cada uno es él mismo con la precisión de un relojero y donde los desórdenes de personalidad son talentos y no síntomas que han de revisarse.

Efecto del volcán que los presiona.

En un cuadro de Velázquez está la fragua de Vulcano, cavernosa, que recibe la visita de Apolo.

Esta es la ciudad: intercambio de cortesías entre el dios del fuego y quien encabeza a las Musas.

Cada napolitano es una pieza trabajada por el encuentro. La ciudad, sin embargo, no es su suma, es su sistema nervioso y el mío también.

Por cierto, Velázquez estuvo en Nápoles.

Parece que de Nápoles puede decirse cualquier cosa y nadie puede negarlo. Parece que cualquier impresión para bien o para mal está permitida. Es un lugar que se ha emancipado de toda comprobación.

Así es.

Añado también que es una ciudad de mar y, sin embargo, allí escalé mi primera montaña.

Papá me llevó al Vesubio, era invierno, con nieve. Se nos mojaron los zapatos, la luz escocía en los ojos.

Señaló los nombres del horizonte, el monte Faìto, Sorrento, Capri, Prócida, Isquia, Miseno.

El golfo quedó allanado como página de geografía.

La altura era panorámica porque desde allá arriba todo era distante.

Me había preparado: no era ni un juego ni un paseo.

Era una montaña, una potencia seria.

Desde el borde del cráter podía verse el fondo, subía un humo débil, no llegaba a la nariz.

Supe por primera vez que las montañas están al alcance de los pasos.

Regresé al Vesubio cuando tenía dieciocho años, solo.

No para admirar la vista, subí como despedida, antes de desprenderme de la ciudad.

Era la estación opuesta, finales del verano, sudaba las toxinas de la separación.

Estaba atento a los pasos, miraba el suelo, donde el liquen desmenuza las rocas de colada y prepara el terreno para las plantas pioneras, la retama.

Miraba hacia abajo, medía los pasos de la distancia.

Sin saber adónde, me retiraba, como si me quitara una piedra del zapato.

La ciudad no retenía a los suyos. Se deshacía de los infieles a ella, conservaba a los devotos.

Vista desde lo alto, permanecía inmóvil y sedada. Irse o quedarse no significaba nada.

Cuando bajé a la espesura de sus cruces sentí otra vez los calambres de la marcha.

Por dentro, la ciudad era una zarza ardiente, abrasaba sin apagar la fiebre.

Me siento capaz de aconsejar a una persona que se esté yendo de Nápoles que suba a despedirse desde allá arriba.

No sé lo que es irse, quedarse.

Si he de construirme un pasado, elijo ser hijo de tu variante americana. Tu padre en aquel viaje suyo a Nueva York después de la guerra: digamos que se plantó allí y llamó a tu madre para que se reuniera con él.

Habrías crecido en Brooklyn y no en Montedidio. A los dieciocho habrías ido de soldado a Vietnam en lugar de manifestarte contra esa guerra.

Yo habría nacido allí. Habría recorrido el continente desde la Patagonia hasta Canadá. Conocería dos océanos, no el Mediterráneo.

Pero estoy aquí en tu mesa, exiliado de cualquier geografía y de ninguna parte.

En tus historias busco una coincidencia conmigo, alguien que pueda explicarme a quién salgo, quién soy.

No encuentro una sola. No eres un padre. Eres una narrativa. Escucharte es hojear un almanaque.

Hay una palabra alemana que no se encuentra en el vocabulario alemán: *Luftmensch*, compuesta por *Luft*, «aire», y *Mensch*, «ser humano».

La palabra se encuentra en el vocabulario yiddish, es una persona de aire, un pelagatos, un inconsistente.

Entre los judíos de Europa del Este se daban los personajes así, hasta el punto de otorgarle un nombre.

Aquí estoy. Eres hijo de un *Luftmensch* napolitano.

Mi empeño ha sido dar peso, fuerza de la gravedad, a mi sustancia disipada.

Uno que escribe historias, ¿hay actividad más deshilachada?

Tengo por ámbito un número finito de palabras.

Traté de aumentar su masa aprendiendo otros idiomas.

Soy una persona de aire.

En contrapartida, he llevado una vida concreta.

Creí que de esa manera podría dar sustancia a las palabras por lo menos.

Entre los dos, tú eres el más consistente.

No eres un accidente literario, esta noche existes, tus codos son más anchos que los míos sobre esta mesa.

En la frente te pesa una arruga que la parte por la mitad. Los ojos verdes son los de mi hermana, de su hijo.

Tienes mandíbulas anchas.

Sonríes porque te describo. Es para hacerte saber que te tengo presente con los sentidos abiertos, no por imaginación.

Tu melancolía esta noche es la de existir de un padre inexistente.

Para darme consistencia arrojo dos piñas al fuego, oigamos cómo revientan los piñones.

¿Has trabajado en oficios manuales para dar sustancia a las palabras? ¿Te has dedicado al vocabulario hasta ese punto? No lo creo.

Me dediqué a esos oficios para mantenerme, por necesidad, sin otro fin que salir adelante.

Los dejé cuando los libros me proporcionaron una renta.

Con la distancia del tiempo reconozco que esos trabajos le dieron el lastre adecuado a una persona de aire.

No me fui con lo que el viento se llevó.

De esos oficios está hecha esta habitación también, el oxígeno recogido en sus metros cúbicos.

Las ventanas las hizo un carpintero de San Lorenzo, un barrio de marmolistas cercano al cementerio.

Íbamos a la misma taberna, comíamos en mesas vecinas. En la calva y en la cara tenía un perpetuo serrín.

A su lado, un anciano marmolista, bizco y corpulento, blanqueado por el polvo de los cortes.

Por consejo del carpintero, compré tablones de abeto Douglas, de los bosques americanos, excelente para los marcos, todavía ilesos después de cuarenta años.

Para las contraventanas usamos pino bronco, madera de barcos.

Compramos los troncos, los pasamos al corte de cinco centímetros de espesor, reducido a cuatro por el cepillado.

Llevé en mí el olor a resina y a serrín, el más elegante perfume masculino.

Los tablones que sobraron forman el tablero de esta mesa.

Las patas son el remanente de los troncos de castaño del envigado.

Todas y cada una de las piezas de esta casa han pasado por mis manos.

Sé de dónde viene el más mínimo crujido.

Sin mí, se deshará rápidamente. Te la cedería de buena gana con el consejo de venderla.

Su piedra viva parece maciza, los muros exteriores de setenta centímetros que no se percatan de los terremotos.

En cambio, es frágil, basta una entrada de hormigas y se irá con ellas.

En el campo, el aire tiene un peso, presiona sobre el techo. Los árboles sacudidos por las ráfagas se aferran bajo tierra como pulpos a sus cimientos.

Las raíces de los chopos levantaron el suelo. Tuve que abatirlos.

Un verano, los ratones se metieron en el techo y me tocó levantarlo y rehacerlo.

Amasé el cemento con otro, en un bonito agosto seco.

La casa es una fábrica precaria.

En invierno siento que los muros se acuadrillan con la madera que se hincha.

Alguna nieves raras tensan las vigas y entonces siento el alcance de su protección.

Te empeñas en nombrar cosas concretas, pero no hay necesidad. Sé que por tus manos han pasado más herramientas de trabajo que bolígrafos.

La llamas frágil, para mí es una fortaleza con gruesos muros que crean silencio por dentro.

No podría aceptarla como legado tuyo. No podrá ser de nadie más.

Deberías dejar escrito que la quemaran, poner en libertad los fantasmas encerrados dentro.

Los fantasmas son una especie declarada extinta en el 1900.

En Nápoles los había en todas las casas antiguas. Seguían a las familias en sus mudanzas.

Otros miedos los han remplazado. La modernidad se distingue por la invención de temores nuevos.

Perdí los viejos sustos sin poder ponerme al día.

Los que se proponen hoy no alcanzan mi sistema nervioso.

A los fantasmas los notaba, en Nápoles, cuando me rozaban el sudor en una escalera oscura, dejándome una caricia en la nuca.

De nuestros cinco sentidos, solo les quedaba el tacto.

Hoy admito en esta casa la presencia de papá y de mamá.

Murieron en dos habitaciones diferentes.

Vienen cuando les apetece, se quedan un rato, lo suficiente para ser percibidos.

Luego regresan al caparazón de la ausencia.

He leído las cartas de Gramsci a sus hijos. Al segundo ni siquiera lo conoció, su madre estaba embarazada cuando a él lo detuvieron y ella huyó a Rusia.

Se los imaginaba mientras crecían a través de las cartas.

Les toca una tarea ingrata a las palabras: sustituirlo todo.

Ellos no sabían nada de su padre encarcelado, condenado a veinte años por un tribunal fascista.

Sabían de él que estaba atareado en Italia.

Dos cartas al mes, la correspondencia consentida.

La prisión se lo comió vivo, empezando por los dientes, porque la boca enferma en la cárcel.

Se imaginaba a sus hijos, el tiempo al revés.

A él se le entumecían los días, a ellos se les expandían: con la estatura, con el acrecentamiento del saber, uno en música, el otro en matemáticas.

Él les escribía sobre sus preferencias por Pushkin, Tolstói y ninguna mención a lecturas políticas.

Les hablaba de los navegantes ingleses, descubridores de islas, que él de niño imaginaba visitar.

Reventaba de tristeza, abandonado por el partido que había presidido.

Reventaba de tristeza al imaginarse a sus hijos mientras crecían, y de ellos desconocía cada centímetro.

Mamá no se acordaba de cómo era yo de niño.

Su trato conmigo de adulto había borrado mi infancia.

Si una madre no la recuerda, entonces no la ha habido.

Las palomas, los ratones, una tienda de juguetes de goma, el furioso maestro de primaria que descarga bofetones fulminantes en las nucas golpeándolas por detrás mientras deambulaba entre los pupitres, y por el contragolpe salían de los ojos, mecánicas, las lágrimas, sin muecas de llanto: cosas así las hubo, pero no el niño que las ha registrado.

Todo eso era mera invención, porque su madre no lo recuerda.

La noticia de que Papá Noel era mudo porque era la tía que se disfrazaba y tenía que guardar silencio para no traicionarse.

El divertido descubrimiento de que la barba era de algodón y que él era una mujer.

Eso también lo hubo, junto con el pez araña que me picó dos veces en la playa debajo del pie y su dolor agudo en las sienes.

El pez araña existió porque es imposible imaginárselo.

Existió el agua hirviendo de la pasta que se derramó por encima de mí, cabeza y cuello, por el tropiezo de quien la estaba colando.

Existió el freno de la bicicleta que se metió en el ojo derecho e hicieron falta puntos y luego quedó más escaso.

Le recordaba estos episodios, me respondía que sí, que le habían pasado a ese hijo suyo, pero que no era yo.

«Porque tú no sé quién eres.»

Era su manera de proteger a ese niño de mí, del hombre silencioso que cenaba temprano en la noche, para quien freía calabacín, berenjenas.

Era una persona dura. Me parecía natural que una madre fuera así.

Parte del cerebro lleva su nombre: la *duramadre*. En su interior hay senos por los que no fluye leche, sino sangre venosa.

No me amamantó. Así que bebí leche hasta el año pasado.

Como hijo suyo tuve que exterminar los miedos, no debían aflorar.

Tienen raíces en los nervios: hay que extirparlas como la mala hierba del huerto.

En los sobresaltos, en los respingos, alcancé la velocidad de los animales, un gesto automático de reacción sin aumento de los latidos del corazón.

Era una madre que no abrazaba, que no besuqueaba a sus hijos.

También con papá el contacto era mínimo, algún puñetazo suyo en broma, una palmadita, nada de juegos en la playa.

Las raras veces que mamá me pegaba, usaba un sacudidor de mimbre.

Así que el tacto era un sentido menor para mí. Era piel que se engrosaba al sol, después de las quemaduras y las ampollas obligatorias.

Era cáscara que recibía heridas y se curaba.

Me daba rabia lavarla con jabón, después estaba seca como cartón, tenía que humedecer las yemas de los dedos con saliva.

Acostumbrado a no ser tocado, no tocaba.

La revelación del tacto fue a los catorce años. Una chica tomó mi mano, que estaba apoyada en mi rodilla.

En la playa, por la mañana, nos habíamos contado los gustos de cine, de música, de libros.

Nos habíamos visto bajar y subir del mar.

Yo me sonreía por dentro, nada por fuera. Las sonrisas también pertenecían al sentido menor del tacto.

Cuando tomó mi mano por debajo de la mesa, se produjo la revelación. La suya, suave en el dorso de la mía seca, encendió el conocimiento.

De la mano se expandió como un torrente a los otros poros, del pelo a los pies, un desierto irrigado por vez primera.

Se me cerraron los ojos y vi la noche en plena tarde, una extensión de puntos luminosos. Eran mis poros.

Así se produjo el adelantamiento del tacto respecto a los demás sentidos.

Lo buscamos de nuevo, bañándonos juntos en el mar, palpándonos a ciegas bajo el agua.

La felicidad yacía en cada centímetro de contacto.

El sexo que se me aguzaba era un estorbo, había que envainarlo antes de salir del agua.

Estaba excluido de nuestro contacto, un intruso entre los cuerpos.

Pasaron otros años antes de encontrarle acomodo.

De esa mano de muchacha en adelante, el tacto está para mí en la cumbre del conocimiento.

Desde entonces sé que el cuerpo tiene su centro esparcido por todas partes, cada uno de sus puntos es vértice en el momento del contacto, desde el entusiasmo a la picazón, al dolor.

Cuando me operaron despierto de prótesis de cadera, la anestesia local me partió en dos. Del ombligo para abajo no sentía nada si me tocaba.

Mientras el buen Lucio Catamo trabajaba con taladro, con sierra y cincel, me consternaba quedarme sin tacto.

Ahora podría tocarte, estás a mi lado. Pero me quedo quieto, por falta de costumbre. Supongo que te retirarías.

No sé, no ha ocurrido nunca. Evitemos la prueba, no siento curiosidad. Para mí es un sentido que mantiene la distancia incluso cuando sirve para un abrazo.

Esta noche estoy hablando por los codos.

Concentro a granel las historias antes de que te desvanezcas.

En los días de marzo antes de morir hablaba con su madre. Estaba lúcida, sin delirios.

«Mamá», ponía acento napolitano y se volvía hacia la ventana.

«Ven a por mí.»

Yo estaba allí y no le servía de nada.

Por estricto pudor, no la vi llorar.

Murió con un resoplido de puerta de armario que se cierra.

Qué potencia la vida, pasa por encima de todo.

Llega otro día y uno se siente arrastrado hacia delante, más allá de la madre muerta.

No te mueves de la alfombra del suelo donde has pasado las noches a su lado.

Deambulas por las habitaciones convertidas en el desierto, regalas sus ropas a una amiga para verlas una vez más puestas en alguien.

Arrastrado hacia delante con una cuerda, con el cuerpo inerte, dejas tu huella en el suelo.

Cualquier cosa te irrita.

Oyes en el noticiario al locutor que cuenta un episodio de sucesos: «Los agentes abrieron fuego».

Y tú le respondes, sí, le respondes furioso al televisor: «¿Y cuándo lo cerraron?».

Y luego me levanté de la alfombra a los pies de su cama.

Y pasaban los días sin su voz, que me contaba la actualidad, como hacía cuando yo era niño.

Y esta noche no me acuerdo de su voz.

Qué potencia la de la vida, carente de pudor, a la que escupirle a la cara. Y puedo hacerlo porque la cara a la que escupo es la mía.

Y el escupitajo no le quita un solo gramo a la pena.

¿Qué hacía tu padre en Nueva York?

Montó un comercio de productos alimentarios con Italia.

Habría acumulado una fortuna, habrías heredado. Me habrías pagado la universidad. Habría elegido Veterinaria, me habría casado con una chica de campo. Habríamos criado abejas. Habríamos curado a los tigres.

¿Sabes en qué estado del mundo hay más tigres que en la India?

En Texas, hay dos mil ejemplares.

El mundo es extraño, maravilloso.

Gracias por cambiar de tema. De acuerdo, es extraño.

Mi amigo librero me ha informado sobre el origen de la palabra *mariuolo*, granuja.

En las procesiones dedicadas a la Virgen se infiltraban los carteristas para aprovecharse de la multitud y de la devoción.

Mariuolo viene de «María», el ladrón de sus ceremonias religiosas.

Conocí a uno, se llamaba Umberto, un romano del barrio de Primavalle.

Veinte años mayor que nosotros, los de Lotta Continua, que teníamos una sede debajo de su casa.

Le caíamos bien, venía a nuestras manifestaciones, compartía nuestras formas expeditivas y escasas de teoría.

Vivía de estafas, de vez en cuando desaparecía. No le preguntábamos dónde.

Una vez le salió bien una pillería, tenía dinero en el bolsillo.

Durante unos meses nos invitó a cenar en la taberna, a mí y a una que le gustaba, hasta gastárselo todo.

Para él, ese era el valor del dinero.

Cuando terminaron los años de aquella vida callejera, extravagante, política y abrupta, me fui a Turín a una fábrica.

Desde entonces no he vuelto a tener noticias suyas.

Me quedo con el agradecimiento por su disipada generosidad, la admiración por su indiferencia principesca hacia el dinero, las bromas que le hacía a su compañera de cenas, la sangre fría de determinadas ocasiones.

No lo cuentas todo, hiciste algo más que cenar con ese Umberto.

Hice algo más que cenar. No hay necesidad de hablar de cosas fuera de la ley. Las hubo y nada más.

No añaden nada ni a él ni a nosotros.

Entonces era lo que había que hacer y sin beneficio personal.

Te voy a contar un episodio. Un día corría perseguido por la policía.

Sin aliento, entré en el portal de un bloque de viviendas sociales.

Subí corriendo por la escalera, llamaba a todas las puertas con el puño para armar revuelo, para sacar gente a los rellanos.

Así obstaculizaban la captura.

Por casualidad podría encontrar abierta una puerta y meterme dentro.

La cabeza me funciona bien en esos momentos de excitación, inventa, prevé.

No me abrió nadie, algunos gritaban desde las casas.

Grababa los detalles mientras saltaba por los peldaños de la escalera.

Podía oír los pasos de los que venían por detrás, subiendo.

Llegué a la penúltima planta, quedaba poco para que me alcanzaran.

Decidí que me tiraría por el hueco de la escalera.

No podía caer en sus manos. Es inútil explicar ahora por qué.

En la penúltima planta empujé una puerta que se abrió. Entré y cerré.

Todavía puedo ver el interior con precisión.

Un pequeño vestíbulo, y justo a la derecha la cocina, donde un hombre joven estaba cocinando.

Le dije: «Me persiguen, ayúdame o me tiro por la ventana».

No le di tiempo a reaccionar, proseguí por un pasillo, entré en un dormitorio.

Fui a la ventana y la abrí.

Me siguió y se detuvo en la puerta.

Me dijo que mantuviera la calma y me quedara allí.

Los perseguidores llamaban a las puertas, preguntaban y continuaban.

Llamaron a la suya.

Abrió, los oía hablar, pero no entendía lo que se decían.

Estaba ante la ventana abierta, si me delataba, saltaría.

Oí cerrarse la puerta. Regresó solo.

Los otros habían seguido su camino, podía oírlos en la planta de arriba.

Me dijo que cerrara la ventana y que le explicara.

Lo que le respondí fue suficiente para él.

Miró por la ventana hasta que hubo luz verde para mí.

Antes de irme, le pregunté cuál era su profesión.

Era un agente de la policía fiscal, de regreso de un turno de noche.

¿Te haces una idea de la época de la que te estoy hablando?

Esto era el 1900.

Una época de atolondrados, y de vosotros dos, él más que tú, pero también entiendo que en una época como esa podíais creer en lo imposible, vivir su experiencia y verlo hecho.

La palabra *experiencia* no se ajusta a lo que me ocurrió.

La experiencia prevé convertirse en un experto. Sigo siendo un inexperto crónico, por más que algunas cosas se me den bien.

En el año 68, una de nuestras frases anunciaba: «*Ce n'est qu'un début, continuons le combat*».

No es más que un debut: y así ha seguido siéndolo para mí. Me quedé en debutante, uno que se lanza a una disputa cualquiera sin aprender nada.

Frente a la realidad, sigo siendo un principiante.

En ese momento usábamos una expresión: *sin precedentes*. Ciertos acontecimientos que nos preocupaban eran completamente nuevos, sin experiencia precedente.

Nos gustaba decir eso y lo usábamos incluso

de forma inapropiada, como ocurre con los superlativos.

La época a la que me refiero tenía extrañezas que justificaban nuestras pretensiones de singularidad.

Brindemos por Umberto, un *mariuolo* con muchos precedentes.

Dices que eras un revolucionario, pero no puedes contarme nada en concreto. Algún detalle por lo menos, para que pueda entenderlo. ¿Qué hace un revolucionario antes de entrar en acción? Un movimiento, uno cualquiera de preparación.

Una ducha, un cambio de ropa interior, posiblemente un vaciamiento intestinal, y antes de salir de casa nos atábamos bien los zapatos.

Es un movimiento de recogimiento, agacharse y hacer con mucho cuidado los dos nudos.

Nada de particular: lo que cuenta es lo que se hace después.

¿Qué queríais hacer, tomar el poder? Porque, si se trataba de eso, fue un fracaso rotundo.

El poder importaba poco, nos interesaba luchar por metas sencillas, próximas. En la fábrica se conquistaban derechos de alivio, como la media hora de comedor incorporada a las ocho horas de la jornada. Arrebatamos a la fuerza media hora de descanso pagado.

Resistíamos la imposición de horas extras, por lo que la empresa a la que le hacía falta aumentar la producción se veía obligada a contratar a desempleados.

En un barrio organizamos casa por casa la autorreducción de la factura de la luz. La industria pagaba ocho liras por kilovatio hora y una familia pagaba veinticuatro. Así que organizábamos el pago sobre la base de las ocho liras.

Si venían a desconectar la electricidad, nos resistíamos a las desconexiones.

En definitiva, ¿hacíais mejoras, reformas?

Sí, pero desde abajo, haciendo valer los propios derechos, difundiendo la conciencia de que poseíamos una fuerza civil independiente.

No veo nada revolucionario en ello.

No se trataba para nosotros de consistir en ciertos resultados. Eso no agotaba la tarea.

Se practicaba una sociedad de recíprocos, de uno por el otro.

Apuntamos más allá de la diana.

Tienes razón, esas conquistas fueron mejoras, no revolución.

Esa palabra se refería a nuestros métodos. Nada se lograba con buenos modales. Ser un revolucionario no tenía nada de romántico.

Los poderes querían reprimirnos, policía, judicatura, detenciones: no conseguían detenernos.

Teníamos una enorme red de personas que alojaban a nuestros fugitivos.

Estábamos en todas partes.

¿Y cómo te las apañabas con el dinero? Costaría bastante la actividad a tiempo completo.

Sí y no: viví durante años como huésped de quienes mostraban su disposición a apoyar nuestra actividad lo mejor que podían.

En el periódico *Lotta Continua* se recogían los nombres y las pequeñas sumas recogidas por suscripción.

Muchos pintores famosos nos regalaban sus obras para apoyarnos.

Se vendían de inmediato. Si hubiéramos conservado la mitad, tendríamos un museo de arte moderno mejor dotado que cualquier otro en circulación.

Periodistas con el carné de prensa se ofrecieron como directores responsables de nuestro diario, porque la ley exigía que figurara uno de ellos como garantía.

No escribieron una sola línea, nos prestaban su nombre para que llegáramos a los quioscos.

Cargaron con las denuncias que llovían sobre nuestras páginas, se turnaban.

Uno de ellos, por ejemplo, se llamaba Pasolini.

Es una época incomprensible, inventada. Mientras tanto, ha amainado el viento.

El silencio de esta campiña tuya es diferente del que cae de repente en la ciudad, provocado por una disminución repentina de ruidos.

Este silencio se parece al de un estudio de grabación, con las paredes recubiertas de corcho.

Es un silencio acostumbrado, cerrado. No esperas que se detenga.

Las orejas aturdidas podrían tener alucinaciones sonoras, imaginarse que oyen voces. ¿Tú las oyes a veces?

¿Te parece silencio el reloj de la pared que escande los segundos?

Fíjate en la llovizna que pellizca el cristal del tragaluz y las tejas del tejado.

Da golpes más rápidos que los del reloj. Sirve de contrapunto a nuestro tiempo escandido por el mecanismo de los intervalos iguales.

La lluvia nos dice en cambio que no hay dos segundos iguales. Lo sabe por sus gotas.

Escuchando las cosas a mi alrededor me percato de músicas, filosofías, ciencias naturales.

Me percato de que se expresan, aunque sea en un idioma que no entiendo.

Pero son voces, no solo ruidos.

Esto es lo que pasa cuando uno está encerrado en un lugar aislado. Te hace tanta falta la compañía que te inventas un lenguaje de la lluvia, acaso del viento. Son ruidos de fondo, nada más.

Me hacen falta voces, una radio encendida, los vecinos que hablan por teléfono, que discuten, que hacen crujir la cama mientras se aman. Siento cariño por esta bendita especie humana. Tenerla cerca hace que me sienta vivo.

En estos campos te pareces a una planta, a una habitación, más que a un hombre. Te has dejado absorber por el paisaje.

Es solo una velada doméstica. No es así todos los días. A menudo me despierto en la cama de una posada y no sé dónde me encuentro.

Me desplazo a lugares públicos, tengo un calendario de citas en varias ciudades. No evito la especie humana. No hay ninguno alrededor de esta casa.

El oído se ha acostumbrado a voces de cosas y no de personas.

¿Insistes? Las cosas no tienen voz, hacen ruidos. Estás a un paso de creer en un creador que te está hablando a través de distintas señales.

La naturaleza es Dios en las cosas: tu Giordano Bruno te está avisando.

Así que haz un esfuerzo, date un impulso y admite que todo lo que te rodea es la contrafigura de un creador.

La fe que veo en ti, en los demás, no viene de una buena voluntad vuestra por creer.

Las voces que oigo por la noche no se dirigen a mí, hablan entre ellas.

Añado a su coro también la mía, zumba en mi cabeza incluso cuando estoy callado.

«El viento es lo que oímos rechinar ayer», escribe Paul Celan, judío de Rumanía, en alemán, el idioma de su madre y de los asesinos de su madre.

El alemán materno fue más fuerte que el de las masacres. La literatura es capaz incluso de salvar una lengua del uso que los verdugos hacen de ella.

Escribo en italiano, la lengua privada de mi padre, más que lengua oficial del Estado.

A él le debo el uso aprendido de su voz, la escansión de sílabas distintas de las locales, para ser pronunciadas sin cadencias dialectales.

Fue él quien puso un seto entre su tranquilo italiano y el napolitano candente.

Se podía hablar uno de los dos, pero sin mezcla.

No eran dos idiomas, sino dos costumbres.

En uno escribo y en el otro hablo conmigo mismo.

En dialecto repito un poema, me sale un proverbio, parte una burla.

Cuando estoy enfadado conmigo, me insulto en napolitano.

En italiano se me pasa el deseo de enzarzarme en peleas.

En italiano: añado *en*, porque estoy dentro de él como inquilino. Es mi residencia, vivo en la calle de la lengua italiana, sin número.

Pasas de la mística del vocabulario a la geografía. Ahora es una dirección.

Para mí, sí: pongamos que me obligaran a exiliarme, que tuviera que marcharme de Italia.

No sería un exiliado, porque llevo conmigo la lengua italiana que me hace vivir en todas partes.

El exilio sería para mí escribir en otro idioma.

Puedo hablar otras, leerlas, pero el italiano es mi patria, literalmente, porque es la lengua que me transmitió mi padre.

En los días en los que se estaba muriendo, lo oí decir algunas frases en napolitano. Lo necesitaba para abreviar.

Este italiano que nos intercambiamos es un río. En su lecho se vierten los dialectos afluyentes que bajan en forma de torrente desde más arriba.

Es nuestro río de las amazonas esta lengua.

Desembocaba en el Mediterráneo, ahora se vierte en todos los mares y océanos de la Tierra, dondequiera que haya ido nuestra gente para mejorar.

En cada ciudad a la que voy pruebo el agua de una fuente. Bebo y me convierto en huésped ingiriendo la mezcla local que cambia de sabor, de textura.

Hay aguas ligeras, de lluvia, que discurren, y luego aguas de pozo, de cisterna, que están reposadas y se dejan beber a pequeños sorbos.

Veo cierta relación entre la lengua de un lugar y el agua de allí.

En algún sitio he leído que en el mundo se extinguen una veintena de idiomas cada año.

Una última persona muere y se seca la fuente de un vocabulario.

La última sílaba pronunciada coincide con la última gota.

Me has puesto tú en este italiano. Finge una intimidad entre nosotros que no tenemos.

Habría usado de buena gana alguno de esos idiomas que has aprendido, por ejemplo, el ruso de Isaak Bábel en las historias del barrio Moldavanka en Odessa.

Hay un término que describe la relación entre nosotros esta noche. *Tuneiádets*: parásito. Somos ambos parásitos el uno del otro.

***Tuneiadstvo*, parasitismo, era un crimen en Rusia.**

Brodsky fue condenado a cinco años de trabajos forzados por esa acusación. En la transcripción de su interrogatorio ante el tribunal, el juez le niega el atributo de poeta, diciéndole que no ha obtenido ningún título de estudio para demostrarlo.

El episodio es grotesco, pero no mezquino: ese juez no podía condenar a un poeta. Primero tuvo que negarle la calificación.

A mí nadie me confiere el título de hijo, soy un *tuneiádets*. Y tú también eres esta noche un padre parásito.

Los parásitos explotan un cuerpo huésped, algo que falta aquí. Estamos solo nosotros, nada más.

A menos que quieras decir que somos parásitos de una noche. Entonces toda vida lo es, para explotar el cuerpo del tiempo que nos acoge.

Entonces sí, contigo esta noche extraigo todo lo que puedo de la oportunidad de hablar con un hijo mío.

No sabes decirlo, no sabes decir «mío», lo has dicho despacio, una sílaba que pasa rápidamente.

Mío: es una declaración de cariño, de certeza, de lazos de sangre. Si eres Mi Padre, debes decir Hijo Mío. Haz que se oiga en la voz la letra mayúscula.

Hijo Mío. Tienes razón, no lo sé decir, no me sale el sacudir la eme, el arrancarla con fuerza de los labios. Es una labial vergonzante, me recuerda a *mamá*, una palabra que ya no existe.

Tampoco la otra labial, la pe de *papá*, existe ya, pero no me incomoda.

Envejezco perdiendo algunos dientes y las labiales.

Prueba con otra, la be de *Bábel*. Escribió *Caballería roja* entre los cosacos de la Revolución rusa, con un nombre falso porque era judío. A los cosacos no les gustaban.

Debe de ser extraño participar en una gran empresa y tener que camuflarse como un infiltrado entre tus propios compañeros de ideales.

¿Te ocurrió a ti también eso de ocultar una parte de ti mismo durante los años de lucha política?

Bábel, Babel, el apellido más adecuado para un escritor, uno que se dispersa en una enorme cantidad de voces.

No, en esos años no tuve que ponerme máscaras, representar ningún papel.

No habría sabido fingir. Solo en nuestros nombres nos poníamos máscaras.

Usábamos apodos, evitando conocer las señas de identidad exactas de cada uno.

Era una medida de protección, entonces se llamaba de vigilancia.

Un curioso uso de las máscaras se practica en algunos campos indios.

Los campesinos llevan una al revés, poniéndose la máscara de un rostro humano en la nuca. Sirve para protegerlos de la embestida del tigre que instintivamente ataca por la espalda y se deja distraer por el truco.

He usado la de protección en las soldaduras. La luz del electrodo inflama los ojos.

Una noche me encontré con las pupilas ardiendo.

Sentía arena caliente bajo los párpados. Conocía el remedio de los viejos soldadores, cortar rodajas de patata y apretárselas contra ellos.

Lentamente absorben el dolor.

Al día siguiente, las cociné, una receta de lo más raro. Cortar las patatas y cocerlas sobre los ojos inflamados por la soldadura.

Hablando de máscaras, ¿de qué te disfrazabas en carnaval? Para mí es la única fiesta que se merece ese nombre. Las demás pretenden recordar algo, esta en cambio pretende olvidarlo todo. Nos quitamos los trapos grasientos de nuestra propia identidad y asumimos otra por diversión. Nadie juzga, de nada valen las jerarquías. Es una fiesta anarquista, debería gustarte.

En mi primera fiesta me obligaron a vestirme de Pierrot.

Yo quería un disfraz más conocido, un simple Pulcinella era suficiente. Había otros, me habría escondido entre ellos.

Para mí esa fiesta consistía en esconderme. El ideal era una sábana de fantasma.

En cambio, Pierrot: nadie lo conocía, me entristecía tener que responder por el exótico cuyo disfraz llevaba.

Evitaba fiestas, cumpleaños, donde se manifestaba a la fuerza mi aislamiento.

Sustraerme a esas ceremonias fue uno de los primeros actos de mi libertad.

Era amarga, me ahorraba la desazón de quedarme al margen dentro de la alegría del alboroto, de la danza, de la música, de la exuberancia exhibida.

Más tarde se convirtió en alivio.

Me cuento entre los abstenidos que adelgazan en Navidad.

A mí me gusta asistir a una fiesta, donde la gente expresa su alegría, alborota y celebra algo.

Voy a las de los pueblos que sacan una estatua sagrada en procesión.

Me alegra ver una multitud feliz. La enfurruñada resulta monótona, lleva la misma cara nublada.

En cambio, las caras de las personas de fiesta son variadas, cambian las muecas de despreocupación. Son caras que han salido del asedio, caras de troyanos que salen por las puertas y van a la playa que los griegos han despejado por fin.

Me da gusto la alegría de los demás.

Heme de nuevo como parásito que se aprovecha de las horas felices ajenas como espectador, involucrado de rebote.

En la fiesta también se producen encuentros felices. Tus padres se conocieron en un cumpleaños.

Se hablaron por primera vez apoyados en la barandilla de un balcón con vistas al puerto de Mergellina.

En otros tiempos había balcones.

La guerra había terminado, nadie hablaba de eso. De los escombros, que se quedaron sin retirar durante muchos años, los ojos hacían caso omiso.

Regía la consigna del olvido. Quien se atrevía a nombrar un episodio tenía que encontrar la manera de convertirlo en algo divertido, de lo contrario lo silenciaban.

Esos dos en el balcón de una tarde tibia se contaban el futuro. Se lo reservaban como un viaje para el que se compra un billete.

Había norteamericanos por todas partes, soplaba un aire de negocios, dinero rápido.

Él sabía inglés, le hablaba de América, del lugar de donde había venido su madre.

Trataba de fascinarla para sondear su espíritu de aventura.

Ella quería Nápoles.

Bebieron vino, fumaron tabaco americano, prometieron volver a verse.

Ambos tenían amores en curso, que dejaron por causa mayor de una velada en el balcón.

Tengo fotografías de mamá joven.

No me habría acercado a ella en una fiesta, no tengo la desenvoltura de la posguerra.

Alguien podría presentaros. No estás acostumbrado a las fiestas, pero es así como sucede.

Incluso con esa ayuda, me habría encogido. La belleza de una mujer me intimida.

Hacía falta una guerra a nuestras espaldas para poder mirarnos a la cara e imaginar bodas, casa, hijos.

Ellos hablaron sobre el futuro, tú discutes sobre el pasado.

Su futuro se cruzaba conmigo. Lo justo es que ahora yo hable de ellos. He sido su futuro.

Te lo cuento, pero, si no te importa, lo dejo correr.

Ellos dos me interesan. Me gustaría conocerlos, que me contaras. Tú me interesas menos.

¿Te das cuenta de que reduces a tu gente a personajes? Tu padre, tu madre, yo mismo, pasamos de la vida al papel esta noche. ¿No te avergüenza esta reducción?

¿Reducción de qué? ¿De talla, de formato? Entonces sí, reduzco. Pero la vida no nos devuelve a nuestro tamaño pasando de persona a personaje.

La vida se concentra en páginas, se espesa, comprime los años en líneas, las ciudades en centímetros, y con todo vuelves a encontrártela.

Esto es lo que sucede en un autoclave, donde el aire se halla bajo la presión de atmósferas.

¿Es la literatura un autoclave? ¿Aire comprimido como dentro de un neumático? ¿Algo al vacío?

Ahora estás multiplicando la imagen. Es un procedimiento literario. Una palabra suscita otras por asociación, tanto en un lector como en un escritor.

«Una cosa ha pronunciado Elohim, dos de ellas he oído», escribe David en un salmo.

Quien lee o escucha no es un recipiente vacío que hay que llenar, sino un multiplicador de lo que recibe. Añade sus propias imágenes, recuerdos, objeciones.

Sí, esta noche reduzco vidas a lo que puedo decir de ellas, de vosotros.

¿Te interesan esos dos?

Los encuentras en algunas de las historias que he escrito.

Me he imaginado su vida sin mí, si no hubiera nacido.

Tengo algunos libros que él le regaló a ella, llevan fechas anteriores a mí.

Yo no estaba allí. No parecía hacerles falta.

Pero el futuro para ellos era un deber de bodas, casa, hijos.

No pude evitar acabar en medio como el jueves.

No he tenido ni tengo pensamientos de suicidio. Una vez nacido yo, era inevitable.

Dejarlos a los dieciocho años no ha cambiado nada. Han vivido sin mí en lugar de vivir y nada más sin tener que conocerme y experimentarme.

¿No quisieras estar aquí hoy?

Estoy aquí y nada más. Hace muchos años podría no haber sucedido.

Una frase de mi época política decía que nadie era indispensable y todos eran necesarios. Para mí era un juego de palabras.

Estar, aquí y ahora, no es necesario ni justificado por un deber de estar.

Hablo por mí mismo. Tú, en cambio, esta noche eres necesario. Sin ti no tendríamos esta conversación.

Sin mí sigues existiendo. Yo sin ti no sería ni siquiera una hipótesis. Pero aquí estamos, compitiendo a ver quién existe menos.

Podrían haberse saltado mi turno.

Como te saltaste el mío. Me habría gustado haber nacido en tu lugar. No los habría dejado. Si acaso, habrían sido ellos los que me hubieran pedido

que me fuera de una vez, hacia los cuarenta años, la edad que tengo, la que has decidido convocar esta noche.

Juguemos a una cosa: a ver quién de nosotros existe menos.

Otras tardes he despachado algunas frases mirando al aire, a las paredes, a las vetas de la mesa.

Esta vez hablo dirigiéndome a ti, escucho, respondo, cuento.

Tú me permites ser padre por una noche, en igualdad de existencia con el hijo.

Pero si reducimos este intercambio al que se da entre personaje y autor, entonces es seguro que de los dos prevaleces tú.

Ahab el cazador de la ballena albina está mejor plantado en el mundo que Melville.

Como lector me gustaría conocer a Ahab, no a su autor.

A veces he creído reconocerlo en tierra firme dentro de una asamblea tormentosa, en un refugio de montaña, en un enfrentamiento en la calle.

El hombre de una sola intención, en busca de la hora establecida. No una indeterminada, sino la que el destino en persona ha dejado clavada como cita.

¿De qué me sirve un Melville cualquiera si puedo conocer a Ahab?

Le ofrecería un trago a Santiago, el pescador de *El viejo y el mar*, no a Hemingway.

Cervantes usó a Quijote, pero mucho más usó Quijote a Cervantes para manifestarse.

Por tanto, si nos reducimos los dos a escritor y personaje, tu existencia está más confirmada que la mía.

Con esa fantasía, ¿podrías decir que los personajes de las películas de Billy Wilder, de Frank Capra, son más reales que sus directores? ¿Que Charlot tiene más existencia que el señor Charlie Chaplin?

Así están las cosas, pero con la diferencia, respecto a los escritores, de que de buena gana me habría gustado conocer a Capra y a Wilder, más que a los personajes de sus historias.

Haría una excepción con Buster Keaton, el héroe abrumado y abrumador de colosales desventuras.

Lo habría esperado al final de la película, antes de que se retirara de la pantalla, encerrado dentro del círculo del fundido a negro.

Lo habría invitado a una cerveza, me habría presentado como su lector.

Porque el blanco y negro de sus películas era pura escritura.

El blanco y negro mudo ha sido la cima del arte del actor.

El sonido y el color son concesiones a la técnica y a la pereza.

En todo caso: bendito sea el cine, y más bendito aún sea ese cine.

Entiendo que no te gusten los escritores, que prefieras sus libros. El cine, sin embargo, les debe historias a ellos, mientras que ningún libro ha sido escrito por estar basado en una película. Admiro a algunos directores, pero siento mayor respeto por quienes escriben.

Esperan que sus páginas vayan al cine. Así cobran regalías extra y se sienten halagados por la publicidad de las imágenes de actores famosos que recitan sus frases.

Escriben las tramas con los guiones en la cabeza.

Si ocurre que el cine se quede con unas cuantas páginas mías, soy un espectador, uno cualquiera. Cedo, junto con los derechos, el título de autor.

Para mí sigue siendo una actividad antigua, escribo con tinta en papel de cuaderno, lo copio a ver si me sigue gustando. Solo al final lo repiqueteo en un teclado.

Para mí sigue siendo lo contrario de una profesión. Es el momento festivo de mi jornada.

En la oscuridad del día que aún no se ha asomado, voy detrás de una voz fina que cuenta, mezclándose con el susurro de la punta de un bolígrafo sobre una línea.

La mano izquierda, analfabeta, sostiene el cuaderno.

Cuando me detengo, la oscuridad exterior empieza a fundirse. El día es la cancelación de la noche. La veo desaparecer por los cristales, marca el momento de parar.

Limpio la chimenea, retiro las cenizas, preparo la leña para el fuego de la tarde.

Contesto el correo, leo las noticias, cualquier cosa que haga guarda las distancias con la escritura.

Cualquier cosa me recuerda que podría escribirla.

La página es el hoy que necesito.

Un profesor en un colegio me preguntó si me gustaría que se me siguiera leyendo dentro de cien años.

Le respondí que no, que no me interesa interesar a la posteridad.

La escritura es mi hoy y me alegro de que sea, en algún lugar, el hoy de un lector.

Los lectores de la posteridad tendrán sus escritores de la posteridad, porque eso sigue siendo cierto para mí: la especie humana, mientras exista, seguirá queriendo que le cuenten historias.

Los niños son los más glotones, nacen con una zarabanda de terrores que han de ser calmados con cuentos.

¿Excluyes de verdad ser un escritor que perdure?

En pocos miles de años, la Tierra borrará toda huella de nuestra presencia.

Solo estamos acelerando nuestra transición a la arqueología.

La muy remota posteridad se referirá a nuestros tiempos como los de la gran extinción.

Unas pocas líneas de sus libros escolares liquidarán nuestra pretensión de ser memorables.

Napoleón, Tolstói, Rafael compartirán la fosa común con los miles de millones de anónimos de nuestro tiempo.

Ocuparse de un asunto llamado historia serán resabios de una superstición.

Olvidados los verbos en pasado y futuro, solo existirá el presente.

Eres apocalíptico.

No, soy optimista por el mero hecho de imaginar que podrá haber posteridad, después de nosotros, los póstumos.

Las generaciones son cancelaciones de las que vinieron antes.

La mía se agachó para recoger palabras caídas, frases empezadas y no terminadas.

Los que vinieron detrás de mí han seguido rectos, sin agacharse. Prefieren alejarse. Miran con desconfianza a la juventud agitada del pasado.

Las revoluciones les son incomprensibles.

La juventud más reciente es cautelosa, portavoz de una prudencia desconocida.

No le fascinan sus coetáneos aventureros, los

marchadores de los desiertos, remando en los océanos, apegados a la vida con uñas y dientes.

No van a verlos para que les cuenten.

Los viajes de los acróbatas sin carpa de circo no entran en sus canciones.

No conozco a esta juventud y por culpa mía no le reconozco semejanza con ninguna del pasado.

Te esperas de ellos un calco de la tuya.

No, me espero una nueva arrogancia, que no sea *guapperia* contra los más débiles.

Me espero verbos en imperativo, un acto de dolor. No los veo llorar ni en el cine.

¿Qué estás haciendo? ¿Meneas la cabeza, desapruebas? Deberías hurgar en cambio en las grietas, en las hendiduras, en los talones donde está el impulso de ponerse de puntillas. Se entrenan al margen para inaugurar una época de reconsideraciones.

Estudian, entienden de agricultura nueva, de reparaciones, de salvaciones.

Patentan recolecciones de plásticos en los océanos, experimentan espigas fértiles en las sequías.

Dentro de los laboratorios les hincan el diente a las averías y al día de mañana, sin fanfarria en la plaza.

¿No te das cuenta de que otra civilización está avanzando?

Los bárbaros saqueadores han abrasado la tierra, el agua, han pulverizado el aire con polvos mortales.

A nuestro rescate, van asomándose los curanderos. Es la época de los indefensos que traen remedio al apocalipsis.

Que así sea. Se me escapan esas señales que tú divisas. Declaras infundada mi melancolía.

No sufres de melancolía. Te lo impide la ira bajo la piel, que gruñe sumisa.

No tienes tus asambleas alrededor, que te autorizaban la cólera. Sin esa comunidad de unánimes, la ira se reduce a irritación cutánea, a eritema.

Eres de una especie extraña, una persona aislada que actúa solo bajo mandato de muchos.

No sé denunciar solo. No tengo el arranque del periodista que acusa a malhechores públicos y privados, después de haber recopilado documentos.

Existen y son los más asesinados en el mundo.

En tiempos anteriores eran los poetas los que morían por eso.

Puedo servir de apoyo a cualquiera que se reúna en asamblea para corregir un error, para decidir qué hacer.

Sin la alarma de campanas a rebato, afloran los centinelas del fuego, lo perciben en la nariz. Toman la palabra, que debe ser tomada y mantenida.

Cuando sucede, entonces añado mi parte de ciudadano portador de razones públicas.

Pero ¿por qué hablamos de estas cosas?

Estoy desperdiciando la oportunidad de estar contigo.

Los padres ven marcharse a sus hijos, no pueden detenerlos.

No te vi marcharte. Te he visto venir a la mesa puesta para uno.

Te he visto sentado. No recuerdo si te he visto entrar, si me he levantado para abrirte. ¿Te has quitado el abrigo? ¿Lo has dejado en el gancho de la pared? No me acuerdo.

¿Eso quiere decir que estabas en casa, que has venido para quedarte?

No, papá, no me quedo. Por la mañana, cuando te despiertes, no me encontrarás. Tu mesa seguirá estando puesta solo para ti.

Pero ya no le hablarás a la pared, al cristal divisorio de un vaso. Te girarás hacia la esquina donde estoy yo ahora, me hablarás a mí.

A partir de esta noche, eres el padre de un ausente.

El hijo extraído de una cena de invierno se da una vez por todas.

Mañana pensarás en esta noche y ya no podrás decir: el que esperaba ayer no ha llegado todavía.

Tu pasado, imperfecto y anterior, soy yo y vine ayer.

Esta noche no puede ser eliminada del registro de noches, hacer como si no hubiera sucedido.

Es sin remedio, como toda acción cometida.
Esta noche es irremediable: citabas a Ósip Mandelstam en la habitación del hotel Moskva en Belgrado.

«Esta noche es irremediable. Pero en vuestra casa aún hay luz», escribió.

Yo lo repetía como cantilena en mi ruso vacilante, como conjuro, en una noche de mayo.

La ciudad ardía entre incendios, le hacía falta el Danubio como extintor.

Era también una noche de mayo cuando mamá me expulsó de ella.

Nacemos por una angostura que se cierra detrás de nosotros, y sentimos más la pérdida de espacio que la adquisición.

Los nacidos de noche se mantienen fieles a la oscuridad.

Para mí sigue siendo regazo el sueño, duermo en la placenta de la noche.

Tú naciste a la hora del ocaso, cuando se encienden las lámparas en las habitaciones y las farolas en la calle.

Naciste en invierno, en una casa de campo, sin partera.

Los hijos de los mamíferos nacen por caída, sus madres los dejan caer aprovechando la pendiente.

Las madres humanas dan a luz acostadas y tienen que empujar con más fuerza.

Nacemos cuesta arriba, nos levantan antes de reclinarnos.

Tú naciste cuesta abajo, deslizándote entre las aguas de la placenta rota.

Veo la tuya asomando, mis manos están listas para cogerte al vuelo.

Tengo un paño para envolverte. Veo tu cabeza, que prolonga el cuerpo de tu madre.

La luz del ocaso enrojece el suelo. Mis palmas abiertas esperan tu peso de conejo.

Los brazos extendidos para sostener quién sabe qué desmesurada carga, ni siquiera notan que ya estás sobre ellos.

Es una escena silenciosa, entre dos principiantes adultos y un recién nacido experto, un atleta que se ha lanzado de cabeza.

No veo nada más en el fondo del vaso vacío.

Sirvo vino, porque no hay nada más.

Me has hecho sentir el vacío de ese momento.

Me he dejado llevar o alguien me ha dejado ir. Me siento inseguro entre pasivo y activo. Siento el vacío sobre mí, un contacto rígido.

Las manos abiertas que tú sentiste llenas, para mí, estaban vacías.

¿Qué debo hacer con este recuerdo tuyo? ¿Estás haciendo testamento?

Sin consignas, sin instrucciones para el funeral. Que mis restos sean retirados y nada más.

No tengo que confesarme o devolver el alma, a la que no he conocido.

Restituiré el aliento, el primero, que forzó mis pulmones cerrados, recién salidos al aire.

Los informes médicos declaran como causa de muerte el paro cardiaco. Es lo que se ve desde fuera.

Por dentro es apnea, debido a la entrega de la última respiración.

Tengo un cuerpo y me he sumado al juego de vivir dentro de él. ¿Qué juego? El juego de la oca. Tiramos un dado y nos movemos en un circuito en espiral.

Es un juego de recorrido, las estaciones tienen nombres comunes: posada, pozo, cárcel, laberinto, calavera.

El cuerpo es el juego, yo soy el peón.

La mesa, el banco de esta noche son una casilla.

Estamos dentro y te toca a ti tirar los dados. Yo me detengo aquí.

Intentas simplificar la vida y la muerte, pero luego metes en ello un tablero de juego, casillas preestablecidas, un dado con caras del uno al seis. Y así construyes involuntariamente las herramientas de un proyecto, que prevé un creador.

No simplificas, añades tu propia figurita al álbum de las divinidades. Aquí hay una tuya que inventa el juego y pone el dado en la mano.

Déjame el juego de la oca, me ayuda a repasar. He seguido un camino marcado, como lo hago en las montañas. Soy uno que repasa.

La libertad ha sido tener un dado en el puño con la elección de si tirarlo o no, como frente a una pared, si escalarla o no.

Hay un paso obligado para cualquier alpinista, cuando para continuar la subida se deben emplear también las manos.

Se dirige uno hacia las montañas caminando, luego te encuentras con la escarpada y tienes que elegir entre rodearla o poner en marcha las cuatro patas de la escalada.

Es el cruce de una frontera. Las manos se levantan por encima del cuerpo, el primer paso desprende el pie del suelo, clavándolo en la pared.

El primer paso, no el siguiente, contiene toda la apuesta.

Como la pista del juego de la oca, también la Tierra nos ha sido dada.

Quienes la exploran no la han inventado. A duras penas la recorren.

¿De qué te sirven estos pensamientos disfrazados de imágenes?

Para contrarrestar las presunciones. Para mamá eran un vicio capital.

Su repugnancia ante los presuntuosos me ha enseñado a vigilar los síntomas.

No es un ejercicio de modestia, se trata de la caza de las diferentes especies de presunción.

No me molestan en los demás, es en mí donde las persigo.

La presunción es una forunculosis. Se inflama en la piel y debe rasparse antes de que se propague.

Me has contado que reprimiste tus miedos, pero eso no te hace valiente. Ahora sigues con la cacería de presunciones, pero eso no te hace modesto. ¿Te preocupa declarar alguna virtud?

La modestia, el valor son dotes espontáneas. Mi caso es el de alguien que acosa algunos de sus defectos.

Los reprimo, obstinado y con la voluntad de imponerme.

Las persecuciones personales no pueden confundirse con las virtudes, que constituyen una personalidad.

En mí, se trata de esfuerzos para expulsar la personalidad.

«*This living, this living, this living*
was never a project of mine», escribe en nombre de muchos la estadounidense Dorothy Parker.

Ella también, junto con el juego de la oca, le echa la culpa al dado.

¿El juego? Más bien el círculo infernal de la oca, una marcha forzada. Si vivir es como dices tú, hace

falta la valentía de la mangosta que se defiende del león y ataca a la serpiente de cascabel.

Círculo infernal no suena bien, dejémoslo en el *giro de la oca.*

Voy a contarte un episodio de valentía, como ejemplo.

Estaba en una pared en los Dolomitas, se me echó encima una tormenta. Estaba solo.

Los relámpagos golpeaban contra la roca, caía una cascada de aguas y piedras.

Estaba acurrucado y empapado, a la espera de una pausa.

Sentía temblores en el cuerpo y hasta en la boca, que atribuía al frío.

No admito sentir miedo.

La cumbre estaba justo arriba, bombardeada de ráfagas. Desde allí podría descender por un sendero fácil.

Tenía que superar los últimos saltos de roca. Era incapaz de moverme.

A mi lado apareció una gamuza con una cría detrás.

En medio de ese estruendo atormentado, escalaba tranquila y mesurada con su pequeño.

Me vieron y luego me ignoraron, mientras proseguían hacia arriba.

Su calma hizo que me saliera una sonrisa de cariño hacia ellos y de mofa hacia mí.

Me levanté y volví a poner las manos sobre la roca.

La tormenta no cejaba, yo iba a ciegas, pero con el ejemplo de su paso.

Una valentía puede provenir de una imitación.

No la había tenido antes y me gustó tomársela prestada a esa criatura.

Sé de un ejército en el que el capitán sale al descubierto precediendo a los soldados con la orden: «Detrás de mí».

Seguí la orden de una capitana gamuza.

Para ella era un buen momento para desplazar a su cría, sin águilas por los alrededores.

Esto podría ser un don para mí: aprender de cualquier ejemplo.

No es pequeño como don: serías dócil, que originalmente señala a quien está dispuesto a que le enseñen, literalmente sería alguien enseñable.

Digo lo contrario de mí mismo, para aprender algo tengo que estudiar, repetírmelo a menudo. No aprendo sobre la marcha, como te pasa a ti.

Has citado los versos de Parker, la vida no era uno de sus proyectos. Por el contrario, yo hago que el recorrido se vuelva mío y sin tirar los dados. Soy lo que he querido ser.

He amado a las mujeres que he conocido y a las que persuadí para estar conmigo. He habitado las ciudades que he elegido, recorridas de un extremo al otro, como se hace con los libros.

No apruebo a los que se dejan llevar por el azar y las circunstancias. Te lo puedes permitir tú que te

comparas con el caballo de Quijote, obligado a la obediencia debida al caballero.

Estoy en la especie viviente a la que se le permite el libre albedrío y lo uso lo mejor que puedo.

No me parezco a ti. Hasta ahora esta noche no has sacado la palabra *amor* de ese diccionario al que tanto quieres ni una sola vez.

Tienes razón, me pongo a ello.

Agrippino Costa, detenido durante muchos años en cárceles especiales, cuenta su historia a Piero Cannizzaro, director de cine.

Quién sabe adónde quieres ir a parar ahora.

Después de una desafortunada evasión, un pie roto al dejarse caer por el muro de circunvalación, lo atrapan de nuevo.

En lugar de volver a meterlo en la celda, lo encierran en un manicomio.

Un día le pregunta a uno de esos internos qué es el amor para él. Recibe al oído, en voz baja, la respuesta: «Oxígeno, oxígeno».

No recuerdo una mejor definición de amor: oxígeno dos veces, oxígeno al cuadrado, dicho a escondidas.

De joven conocí la noticia opuesta, un sentimiento que te quita la respiración, provoca jadeos, produce apnea.

De adulto, sin embargo, una mujer milagrosa

para mí me hizo conocer el amor bajo la especie de la más intensa tutela.

Tenía que asombrarme de lo mucho que podía importarle a una persona. Todavía no sé el alcance de cuánto.

Estoy de acuerdo con el preso en ese manicomio: se trata de oxígeno en estado puro.

Y antes de respirarlo, uno no sabe que vive asfixiado.

Deberíamos recordar el nombre del que respondió, más que el de quien preguntó. Aquí haría falta el derecho de autor y un beso en la frente.

Brindemos a la salud del prisionero desconocido, por su respuesta definitiva.

Añado el último bocado a la rebanada de pan con aceite.

Durante veintidós días, alrededor de los cincuenta años, practiqué la abstinencia de alimentos. No importa ahora saber las razones.

También se llama huelga de hambre, pero no oso emplear la palabra *hambre*, la peor humillación para un ser humano.

El hambre se padece, no se elige.

Me abstuve de la comida que estaba al alcance de la mano. Bebía té, caldo.

Nadie pudo disuadirme entonces. Todavía no conocía la existencia del oxígeno.

Tuve tiempo para explorar mi cuerpo.

Es un esqueleto recibido de una prehistoria de generaciones, que lo sometieron a las más severas pruebas de adaptación y supervivencia.

Ya durante los veinte años de trabajo obrero me daba cuenta de vivir en un laberinto.

Cuando estaba agotado, consumido de energías, descubría que mi cuerpo me escondía una reserva.

Me engañaba sobre el nivel del depósito, para que me detuviera.

Luego me soltaba otra dosis de fuerzas.

Para un trabajo extenuante proporcionaba un aumento de músculo, para poder realizarlo ahorrando calorías.

Cuando ese periodo intenso terminaba, esas fibras se reabsorbían.

Por la noche, un sastre de la piel zurcía las palmas desgastadas de las manos.

Curaba los cortes más rápido que lo que hacía con otras partes del cuerpo.

Es una máquina antigua y misteriosa, estoy en ella como inquilino y no como propietario.

Cuando creía estar llegando al borde de su resistencia, he aquí que ese borde se desplazaba más allá y no se dejaba tocar.

El cuerpo era para mí un espacio más grande y secreto de cuanto yo podía explorar.

Estas noticias precedieron el viaje al fondo del ayuno.

Aprendí en los primeros días que era un experto en ahorro y se me daba bien eliminar de las vísceras el estímulo del alimento.

Me adentraba en su vacío sintiendo tensión en los nervios, claridad de pensamientos y un ritmo demorado de latidos y respiraciones.

Fui a escalar en las primeras dos semanas. Había fuerza, pero no resistencia.

Luego solo hubo espera.

No suelo soñar por la noche. En las del ayuno había sueños recurrentes de cualquier forma de comida. Despierto, desaparecían.

Echaba a hervir cubitos de caldo.

Sonríes. Claro, porque vuelve el dado, la forma geométrica del azar.

Pero lo usaba en ese trance y no como lance: juegos de palabras, sirven para librarse de la fiebre.

Ya no hacía de vientre. Estaba perdiendo peso y se adensaba la distancia entre el mundo y yo.

Incluso a alguien cercano lo miraba desde lejos.

Había dejado de saber las razones de esa prueba. Era la prueba en sí, el descubrimiento de la profundidad del cuerpo lo que me hacía estar atento.

Seguía cepillándome los dientes.

Me lavaba con más frecuencia de lo habitual.

Me cambiaba de ropa con más frecuencia de lo habitual.

Era más considerado conmigo mismo.

Experimentaba la orgullosa potencia de estar, y de obrar, sin los alimentos.

¿Hasta dónde llegar, hasta dónde aguantar?

No llegué a saberlo. Renuncié el vigésimo tercer día, por razones ajenas a la prueba.

Los otros con quienes compartía la abstinencia decidieron abandonarla.

Esa noche tomé té con una cucharadita de miel y una galleta.

No pude dormir. El cuerpo estaba en letargo y aquella primera alimentación irrumpía brusca en la quietud de su caverna.

La respuesta fue un conato de arcada fallida. Las vísceras vaciadas reaccionaban ante el intruso.

Resultó lento y hosco volver a acostumbrarlo.

Has hecho que me acuerde de esa época, cuando has hablado de los que se dejan llevar.

Hablas con respeto del cuerpo, pero lo has baqueteado, innecesariamente incluso. Entiendo arriesgarlo en la montaña, al servicio de jornadas festivas al aire libre. Pero ¿perseguirlo con un hambre solitaria? Me da rabia el uso que has hecho de él, teniendo a tu favor el regalo de una buena salud.

No entiendo este cara a cara con el cuerpo, como si fuerais dos. Es un desdoblamiento inventado.

Eres uno, maldición, uno solo.

Te tuteas a ti mismo y hasta te lo crees, sin darte cuenta de que estás en tu ficción literaria.

Tuteo a una de las partes de mí mismo. Soy más numeroso que el simple dos.

Soy el resto de los que se volvieron ausentes, que se encuentran en mis recuerdos y continúan sus existencias dentro de mí.

Soy las casillas por las que he pasado y en las que me dejé trozos, como ocurre en las mudanzas.

Soy una asamblea de mí mismos que se han convertido en otros y diferentes.

Me reprochas maltratos a mi cuerpo: para mí ha sido un uso apropiado.

Quien lo conserva embalado como un objeto frágil lo estropea.

Cuando tiene que hacerlo funcionar a dieta, lo lleva como mucho a un gimnasio para una liberación artificial de su expresión.

En el gimnasio puedes darle una forma, pero sin sustancia ni conocimiento.

Si lo he maltratado, ni se ha dado cuenta, de lo mucho que es superior en capacidad.

Será como dices un truco, una invención literaria, tutearlo y reconocerle una independencia de mí.

Eso es lo que siento.

Después de los infartos, aún convaleciente, volví a escalar de nuevo. No quería dejarme intimidar por el accidente.

El pensamiento de entonces era: sigo haciendo como antes lo que me da satisfacción física. Si al cuerpo no le parece bien, lo dejamos ambos de una vez por todas.

En ese momento el cuerpo era mi contraparte.

No es un animal doméstico, no mueve la cola y no ronronea.

Es una especie salvaje, siento que cohabito con un puercoespín, con una cigüeña.

El resultado no ha sido domesticarlo, todo lo contrario, el cuerpo me ha asilvestrado a mí.

Estoy atento a sus necesidades, lo secundo, aprendo.

Lo conozco y lo cuido ahora mejor que cuando era joven.

Soy alumno suyo, a la larga ha logrado enseñarme.

De niño, como te decía, me escondía en el zoológico huyendo del deber de la escuela.

Compartía con los animales una separación del resto de la especie.

No sabía que era su huésped, el último en llegar de una cadena de vertebrados.

Admiro su integridad, ninguna diferencia entre ellos y el cuerpo, ninguna duplicación.

Hoy veo en la televisión programas sobre su vida. Para mí son un noticiario, la crónica directa de los días de la Tierra.

En comparación con la sociedad de los antílopes o de una colmena, la de un parlamento me interesa menos.

Son el mayor espectáculo difundido en el planeta Tierra.

El mayor espectáculo del mundo: era esa la definición de Phineas Taylor Barnum a propósito de su circo de tres pistas, construido en pleno 1800.

Estoy de acuerdo con él, con Barnum. El circo es el mayor espectáculo del mundo.

Cuando lo comparan con los modestos ejercicios verbales de las promesas electorales, no saben que les están haciendo un gran cumplido.

El circo es el hogar de los juegos de funámbulos, acróbatas, payasos, malabaristas, ilusionistas.

Me gusta la palabra *ilusión*, del latín *in ludere*, entrar en el juego. Entramos en él voluntariamente, como espectadores de la habilidad de quien nos maravilla.

A diferencia de la estafa que embauca en secreto a los desdichados, la ilusión es un espectáculo para los endichados.

Su contrario, *desilusión*, es salir del juego cuando termina.

El circo devuelve a la infancia y hace que los párpados perezosos se abran de par en par.

En el circo nuestra especie humana da lo mejor de sí.

Barnum es mi favorito. Al comienzo de su carrera dio el nombre de Museo Americano a las primeras exhibiciones.

Decía que si en una calle había cien personas, los que tenían una cultura podían ser siete u ocho, así que trabajaba para entretener a las otras noventa y dos.

Recuerdo su frase de hombre rico: «El dinero es un pésimo amo, pero un excelente criado».

A los ricos suele ocurrirles el imaginarse su dinero en forma de personas. Pero es solo una liquidez y un poder adquisitivo, válido mientras siga siendo poder. Después, es solo la molestia de una compra.

Por eso el rico es avaro. Sabe que cada compra es una pérdida de poder.

Lo siento, estoy divagando.

En el circo el que actúa en un número coincide a la perfección con su cuerpo adiestrado, alcanzando la integridad de los animales.

Al máximo de sus capacidades, debe conseguir que su ejercicio parezca un juego de niños, una voltereta.

Cuando al acróbata ya no se lo distingue de su acrobacia, al ilusionista de su truco, se alcanza la perfección del espectáculo.

Es la mayor obra de arte, realizada en el momento, que se desvanece con los aplausos.

La obra de arte perfecta ha de hacerse para

quienes están presentes en ese instante y en ese lugar, no para la posteridad.

Por eso admiro el circo tanto como el teatro.

Comparto tus preferencias. No has nombrado a los domadores ni a los animales reducidos a marionetas. Te agradezco que los hayas dejado fuera de la admiración.

Fui al circo de niño, vi leones y tigres saltar en el círculo de fuego, contra su naturaleza e instinto. Los aplausos eran la amplificación de los latigazos. La presa eran ellos.

Ahora los circos han dejado de exhibir domadores.

Aparte del circo, he sentido entusiasmo junto a muchos en una plaza, además de junto a unos pocos en un barco de rescate de náufragos, además de junto a una mujer frente a un desierto americano, por último, solo frente a algunas páginas de Borges.

En ese momento el cuerpo se enciende e irradia. Soy una sola cosa con mi esqueleto de viaje.

Insistes con el desdoblamiento. De hacerte caso, debería hablarte con el vosotros en vez de con el tú.

En mi primer año de vida, viví en una casa sobre una escollera. Estaba al fondo de doscientos escalones.

Por eso la alquilaron por unas pocas liras.

Eran jóvenes y pobres después de la guerra, dos cónyuges a la aventura.

Él había ganado a las cartas el dinero del anticipo.

Mamá contaba cómo las marejadas entraban para lavar el suelo, como les ocurre a los barcos.

El estruendo del mar acompañó los sueños y los despertares en mis primeras cuatro estaciones de la vida.

No hay fotografías y nunca he ido a ese sitio a verlo.

Lo imagino por lo que he oído.

En mi interior se ha grabado el ritmo binario de las olas y sigue sonando, el fragor del flujo seguido por la fricción hacia atrás del reflujo.

Debe de haberse fijado un solfeo elemental, una regla con la que respiro, leo, escribo.

He tenido contacto con el ruido más antiguo del planeta.

Quién sabe si tuve insomnio cuando me desprendieron de su borde, mudándonos a la ciudad.

Cuando paso en coche, en tren junto al mar, siento el impulso de bajar y acercarme a la orilla.

Bajo a su lado, cierro los ojos, escucho.

Es una canción de cuna, un carillón, el estruendo del mar contra las rocas, el hundimiento de las salpicaduras lanzadas al aire.

Agradezco a los míos aquel primer tiempo que tuve, incómodo para ellos y para mí de cimiento.

Tomas un detalle de tu vida y lo transformas en un acontecimiento, poco menos que una profecía. No sé si existe el verbo *desentablar*, pero ese es el efecto en mí, me desentablas, un poco peor que aturdir.

Si va acompañado de signos, hacer caso es un punto a favor de quienes cuentan, porque ofrecen una explicación.

Me remonto a una casa en la escollera, al ritmo de las olas para reconocer un ritmo de respiración interior. Es una premisa débil, pero puede agrandarse hasta hacer de ella una pista.

En una historia judía, un fulano recuerda a su abuelo, cojo, que le contaba la forma de rezar de un famoso devoto de su época. En el relato, se enfervorizaba hasta tal extremo que se ponía de pie y se ponía a bailar para imitar esa intensidad de oración. En ese momento no cojeaba.

Eso es, decía ese fulano, así habría que contar las cosas.

Esa es la meta que busco como lector en lo que leo.

Como escritor, en cambio, tengo menos pretensiones sobre mí mismo.

No hago bailar al cojo. A lo sumo, lo tomo del brazo.

Lector, escritor, ¿es tan importante para ti la diferencia?

Sí, porque soy feliz cuando una lectura me entusiasma, mientras que una escritura mía, en el mejor de los casos, solo consigue satisfacerme.

Leí hace poco la historia de un ahorcamiento, escrito por Orwell, que lo presenció.

El preso, atado y sujeto de los brazos por dos guardias, se acerca dócilmente al patíbulo que se levanta en el patio.

De repente se echa hacia un lado para evitar un charco.

El gesto, común e insignificante, provoca un sobresalto en Orwell.

Se da cuenta en ese momento de lo que significa destruir la vida de una persona en plena salud y conciencia.

Ese hombre está tan vivo como él, presente y alerta. Y él es escritor porque se deja invadir por ese gesto, porque puede distinguir un abismo en un rasguño, porque detecta indicios.

El charco evitado expresa una pequeña preocupación, que resulta desmesurada en un condenado a muerte.

El detalle ya no abandonará mi repertorio de lector.

Así me explico la feliz distancia entre la escritura que leo y la que hago.

A ti, por ejemplo, te interesan más las historias de mis padres que las mías. A partir de un detalle como ese puede comenzar un relato sobre la preferencia de un nieto por sus abuelos.

No se trata de la curiosidad de un nieto, por unos abuelos desconocidos.

En tus historias espero a cada momento que salga de la caja el muñeco con resorte de un elemento trágico. Siento la tensión que precede a lo irremediable, que me hará dar un brinco como reacción y chocar contra la puerta que tengo detrás.

No existe tal riesgo en las historias de tus padres. Estaban dentro de una época enorme y se comportaban con su espontánea normalidad.

En tus historias te comportas como un caballo encabritado en una época normal.

El 1900 se divide en dos mitades precisas. La primera fue épica, grandiosa, más mortífera que cualquier otra época del mundo.

La segunda, la tuya, fue la secuela de las cosas inauguradas y ensangrentadas primero.

Has dicho unas cuantas veces que te sientes coetáneo también de la mitad en la que aún no estabas.

Es una excusa decir que actuaste como si vivieras en ese periodo, como coetáneo de tus padres y no como hijo suyo.

Te resumes así a ti mismo: revolucionario, obrero, emigrado, siguiendo las últimas guerras en el suelo de Europa.

Has querido anticipar cincuenta años tu acta de nacimiento.

Prefiero las historias de tus padres, son sin inten-

ción, sin señales para atisbar, agrandar, subrayar. Las suyas, en definitiva, son historias originales.

Las tuyas son de imitación de su época.

La única novedad que reconozco es la época actual de los viajes imposibles, sin equipaje y sin documentos a través de fronteras terrestres y marítimas, en fila india. Esta es la novedad y haces bien en seguirla.

He seguido una tarea heredada. Podrás decir que no he estado a la altura, no que me la he inventado.

Está claro que no he inaugurado nada, he seguido en cambio caminos ya recorridos por otros.

A un niño se le pregunta qué quiere ser de mayor. Yo habría contestado: escritor, con el mismo grado de irrealidad de otro que hubiera contestado: astronauta.

Mi respuesta correcta debería haber sido: «Quiero ser lector». He leído muchas más páginas de las que he escrito.

A un niño se le enseña a declarar su profesión, el resultado final, y no el recorrido.

Ninguno dice: «De mayor quiero ser aprendiz». Sin embargo, es lo que somos continuamente.

Fui aprendiz en el baile de 1900. ¿Qué baile era? El *ragtime*, no el *rock and roll*.

Has dicho que fue un siglo ciego, pero no me lo creo del todo. Produjo en su segunda mitad una for-

ma de Europa sin guerras, resucitando un continente hecho añicos.

Hay presiones locales para separarse, pero el objetivo alcanzado aguanta y se mantendrá.

Entiendo poco sobre las reivindicaciones de la diversidad, el afán por exaltar una identidad local. Soy un ciudadano de la nueva Europa y quisiera un pasaporte único, además de la moneda.

Estoy de acuerdo. El afán de identidad es una erupción cutánea, exterior. Sacar del armario el traje típico de una fiesta.

La diversidad, en cambio, está dentro de cada uno y eso es insuperable.

En el desierto llueve maná durante cuarenta años, el más igualitario sustento: el mismo alimento para todos y durante miles de días.

Un comentario explica que, sin embargo, el maná adquiría en la boca de cada uno el sabor deseado en ese momento.

Cuando lo leí fue una revelación: menudo hallazgo.

La identidad está dentro de cada uno de nosotros y no en la chaqueta y sus colores.

Es el gusto, nuestro sentido más privado, el que establece la diversidad insuperable de cada uno.

El mismo pan y aceite que hemos probado se ha especializado de acuerdo con tus papilas y las mías.

Las identidades externas son pretextos, incluidos los colores de la epidermis. Por fuera somos iguales.

La exclusividad de cada uno de nosotros está bien emplazada en la boca.

Dejemos pasar una pausa. Se siente caer la humedad en los muros. La llama de la chimenea les quita las gotas invisibles.

En invierno, el frío mantiene prisionera al agua entre las piedras. El fuego la libera.

En el verano, se crea una abertura para las hormigas.

Criado en una ciudad volcánica, vivo lejos de ella en una casa de piedras lávicas. Sigo habitando fuegos apagados.

Mamá se acordaba de la erupción de marzo del 44. Acababa de perder su casa bajo el único bombardeo alemán.

Vivía en una vivienda alquilada. En Nápoles estaba terminando el primer invierno sin guerra.

La erupción del volcán fue más de ceniza que de lava. Los napolitanos se subían a los tejados para retirar a paladas su polvo, que pesa más que la nieve.

Estaba caliente, recuerda, al moverla hacía lagrimear.

Me dejó la consigna de quemar su cuerpo.

Una mañana fui a buscar la caja de hierro con sus cenizas y las de su bata.

Pesaba como el plomo en los brazos. Era un bloque de piedra, de esos que levantaba y ponía con mortero en el muro de la casa.

Vacié las cenizas en el campo y tuve las manos más vacías de mi vida.

Agarré el pico y cavé un hoyo para plantar un árbol.

Desconozco los pesos, los trabajos manuales. He plantado albahaca, no árboles.

Tus noticias físicas pueden ser un tema narrativo, no algo que compartir. El sudor no se transmite.

Ni siquiera me las transmito a mí mismo. Cuando pienso en ellas, me parece que no fui yo quien las vivió, sino otro yo, a cargo en ese momento.

He hecho cosas que no sabría volver a hacer.

Me acordaba de mamá y de las chicas de Nápoles en los tejados retirando la ceniza a paladas.

Los soldados americanos las llevaban hasta las paradas de los tranvías, subiéndolas a los jeeps.

Aprendieron a bailar el charlestón, prohibido por el fascismo.

Las primeras libertades para ellos fueron el pan blanco, el chocolate, la mantequilla y divertirse.

La autoridad de los padres había desaparecido bajo los bombardeos.

Te imagino desembarcado en Nápoles de un crucero. Estás enrolado en la Marina, te encuentras en el extranjero por primera vez.

Una glándula en tu cuerpo, el hipotálamo tal vez, que responde a estímulos externos, reacciona al contacto con el suelo de Nápoles. Eres un forastero, pero no del todo.

Las chicas te parecen ya vistas, su forma de hablar una jerga que ya has oído en Brooklyn.

Quisiste subir al volcán que humeaba el cielo. Te rechazó el aire al rojo vivo.

Desde una terraza con vistas al golfo observaste la fuerza de la naturaleza desatada, la columna de ceniza al atardecer enrojecida por el óxido.

Te imagino de la misma edad que mis padres.

Papá quería enrolarse en el cuerpo de infantería de montaña, que no tomaría las armas contra los estadounidenses.

Nápoles te recibió con aplausos, después de haber expulsado a los alemanes en vuestro lugar.

Deberíais haber aplaudido vosotros.

Tiraste cigarrillos mientras desfilabas con el jeep por el paseo marítimo, mordiendo la punta del paquete antes de tirarlo, como una granada de mano.

Mamá los atrapó al vuelo.

Me enjaulas en el pasado, incluso en el que es anterior para ti también. Pero estoy aquí y nunca he subido al Vesubio.

En mi memoria sí, porque lo que imagino lo doy por ocurrido.

El pasado no se anda con sutilezas, entre un acontecimiento verdadero y uno improbable.

Son historias, dependen de la fórmula de las palabras.

El pasado tiene forma de rosquilla, hasta el agujero es bueno para comer.

Así es, te imagino presente cuando yo aún no estaba.

Cosas que le pasan en una tarde de invierno a uno que da bandazos entre una época pasada y un tiempo presente.

Me veo con el uniforme blanco, la verdad, los zapatos negros relucientes, desembarcado de un buque de guerra.

También me veo como vendedor de trapos en Odessa, pescando bacalao en el mar de Noruega, en Cuba en la zafra de la caña de azúcar.

Me veo en los lugares donde tú hubieras querido. Es aquí en tu mesa donde estoy fuera de plazo.

Este idioma italiano nos obliga a cierto decoro, pero somos más exaltados que eso. Incluso hemos muerto ya varias veces.

Revisas tu vida y piensas cómo salir de ella sin pasar por la cama de un hospital, colgado de los hilos de un titiritero.

Piensas en las veces que has resucitado y ves que las posibilidades de morir eran todas razona-

bles, incluso la de la malaria en una aldea africana.

Piensas en las palabras en suajili que circulaban alrededor de ese catre, el zumbido de voces e insectos.

Luego piensas en la frase leída en el muro de un lugar lejano que les quita la razón a esos pensamientos: sé agradecido obsesivamente.

Y tenéis razón los dos, la frase y tú. Porque son dos tiempos de una misma cosa: primero la ingratitud hacia el destino de seguir aún vivo, luego el impulso de dar las gracias, gracias en cualquier caso, gracias.

Ahora es mejor. He aplicado este idioma italiano a cosas terminales, no a los recuerdos a tamaño postal con saludos desde el Vesubio.

Se nos está haciendo tarde esta noche.

Estas son las horas del zorro que sale a olfatear en la oscuridad.

Cuando tenía el gallinero oía gritos y me despertaba.

Salía con la linterna a murmurar, los animales se calmaban.

Ahora doy alpiste a las cornejas.

Ahora nada me despierta y con dos suspiros me quedo dormido.

En el momento de echar el cierre no utilizaré el italiano. Si se me escapa una frase, será en napolitano.

Así ocurrió con papá, hablaba italiano cada hora, excepto los últimos minutos.

Erasmo de Rotterdam usó el latín para cada una de sus palabras públicas, luego murió en flamenco.

No estoy pensando en mis vidas paralelas no vividas, sino en las historias que no he contado.

Una vez dije que *Las noches blancas*, relato juvenil de Dostoievski, bastaba por sí solo para convertirlo en el mejor de su tiempo. Como lector, sin embargo, me fue mejor gracias a sus novelas posteriores.

Me sentí agradecido al falso fusilamiento que tuvo que sufrir contra un muro, antes de ser enviado a las barracas en Siberia.

Pienso en sus instantes con los ojos vendados, en su muerte inminente a la gallinita ciega, en la vergüenza de tener miedo, en el temblor que se esfuerza por dominar, en el aliento que nada quiere saber de detenerse en apnea.

Quién sabe si tuvo ocasión de vaciar sus vísceras, su vejiga a tiempo, antes de esperar la ráfaga: para no vaciarse encima.

Le zumbaba en la cabeza el estante de sus futuros libros, ellos también puestos contra el muro y fusilados.

La estantería de los lectores del mundo ha podido ampliarse gracias a la conmutación de una condena a muerte.

Nada que ver conmigo. Veo los lomos de los libros ya publicados con mi nombre y no me parece que falte ninguno.

No se halla dentro de esas páginas la justificación del estar en el mundo.

Se halla en algún movimiento provocado por un impulso, sin control ni gobierno.

Se halla donde estaba prohibido asomarme y en cambio transgredí.

Renunciar a esos movimientos me habría dejado con las manos vacías.

Son suficientes los días y los libros. Y esta noche soy una prolongación.

Es extraño en italiano el verbo ser: *io sono*, «yo soy», es igual que *essi sono*, «ellos son». La misma forma, *sono*, vale para uno mismo y para los demás.

El latín distingue *ego sum*, del *sunt* de «ellos son». Otras lenguas neolatinas también tienen en cuenta la diferencia.

Para el italiano, en cambio, hace falta el sujeto y el verbo para entender a quién se refiere el *sono*.

¿Querrá decir algo esa coincidencia? Para mí, esta noche sí, para este verbo ser que no puedo aplicarme a mí mismo.

¿Soy? Tampoco puedo decir que no soy.

De modo que me asimilo a los demás, a la multi-

tud de los otros, de los cuales digo: «Ellos, ciertamente, son».

Hijo, tú no lo reconoces, yo sí. Esta noche puedes decir: «Yo soy». Estás presente y tienes más futuro que yo.

Yo me desvanezco, mientras que tú aumentas en precisión.

Mañana por la mañana toma mi asiento, te lo cedo antes de que lo quiten de la mesa.

Nadie se percatará de la sustitución. Serás un nuevo yo mismo.

Ya ha tenido otros a bordo, este cuerpo. Te lo cedo todavía en buen estado, plegable, ligero, de sueño robusto.

Los otros yo mismo que te han precedido: cada uno podría haber sido el último. Ahora te toca a ti.

No te hacen falta consejos, harás un mejor uso de la instalación.

Intercambiemos nuestros lugares.

¿Remplazarte? No me siento capaz, demasiado esfuerzo el existir.

La responsabilidad de un cuerpo en medio de instintos, sentimientos de amor, de justicia. Tener que establecer una línea de conducta.

Reducirme a una sola persona y renunciar a las otras posibles que saco de un inmenso guardarropa.

Esta noche soy un hijo, en otras páginas pez, za-

patero, cazador, soldado, a veces una mujer, un asesino, un jardinero.

Esta noche soy el hijo que no quiere ser su padre y proseguir en su lugar.

Estaré contigo en las cuerdas vocales de la próxima historia.

Soy el armario de donde sacas las ropas que cuentas.

No te sustituyo. Eres tú el último residente de tu cuerpo.

Gracias por la generosa oferta de darme existencia y darte el cambio. Salir mañana y contestar aquí estoy al que te llame en la calle.

Estar en un banquillo como acusado, firmar una carta con tu nombre, regar un árbol.

No me siento capaz de despertarme horas antes del día, leer filas de alfabetos que se desplazan al revés, escribir unas cuantas líneas en el cuaderno apoyado sobre las rodillas.

Prefiero seguir siendo nadie, después del hijo de esta noche.

Prefiero la libertad de disiparme.

Solo una pregunta: ¿me quieres?

Has sido extraído de mí sin intervención de mujer.

Otro caso similar está escrito cuando la divinidad extrae del costado de Adàm la porción que se convertirá en Eva.

¿La quiere Adàm? Dice de ella: «Hueso de mis huesos y carne de mi carne».

Así me siento esta noche.

Te quiero tanto como puedo quererme a mí mismo, con el añadido de la ternura que no siento por mí mismo.

Sin embargo, no creo que sea suficiente para ti.

Me idealizas.

Idealizo el mundo, lo necesito para tener que ver con él. De lo contrario, me desanimo. Tengo que idealizar.

Contigo es diferente, no solo idealizo: materializo también. Compruebo que existes.

Como un hermoso día de mayo: es una estrofa musical de *Andrea Chénier*. A mamá le gustaba.

Se liberó de mi peso en un hermoso día de mayo.

Cantaba en voz baja las notas que el tenor exclama a toda garganta.

Mi padre moribundo en la habitación de debajo del altillo, para no despertarme se quejaba por las noches con la boca cerrada de dolores en los huesos.

Su cantilena ha penetrado en los nervios del oído. Lo oigo de nuevo cuando la menciono.

Esta queda conversación entre nosotros dos se anuda con ellos. Están con nosotros esta noche.

No quieres mi lugar. Yo tampoco lo quería. Ocupé uno vacío. Vosotros lo habéis llenado.

Te sacas imágenes, las sacas de tu vocabulario como la manga de un tahúr. Parece que no tienes ni que pensarlo, salen ya listas.

Esa del tahúr es también una imagen. Te propongo otra. En un muro hay agujeros de bala incrustados perfectamente en el centro de pequeños círculos.

Un tirador experimentado, al pasar, se sorprende y pregunta quién es capaz de tal precisión.

Le dicen que los hace un chico tuerto. El tirador va a felicitarlo y le pregunta quién le ha enseñado tal puntería.

«Nadie —responde el chico—. Primero disparo al muro y luego dibujo los círculos.»

Eso mismo hago yo. Las imágenes son los círculos que trazo alrededor de los agujeros.

Soy ese chico que no sabe disparar.

Te cuento otra, para explicarme mejor.

A un sabio de antaño, experto en un tema, que no es necesario aclarar, lo llaman e invitan a muchos lugares hermosos. En todas partes la acogida es entusiasta.

Un día su cochero le pide un favor: intercambiar por una vez ropas y papeles, para que pueda conocer él también lo que significa ser aclamado.

El sabio tiene sentido del humor y acepta, imaginando lo que le pasará al cochero una vez en el escenario.

Llegan a donde se los espera y el público aplaude al cochero vestido de señor.

Con los debidos honores se lo acompaña al escenario.

En un rincón de la sala, el sabio vestido de cochero se relame ante lo que ha de llegar.

El encargado de moderar la conversación le hace una primera pregunta, complicada, específica y de carácter controvertido.

El cochero reacciona con una expresión malhumorada y después molesta.

Contesta que esperaba preguntas mucho más difíciles, mientras que para una cuestión tan elemental bastaba con llamar a su cochero del fondo del salón para obtener respuesta.

Como escritor, me invitan a ir por ahí y recibo preguntas. Pero yo soy el cochero y me las apaño de la misma manera, haciendo que conteste el otro yo mismo, al que acompaño y que toma la palabra en mi lugar desde el fondo de la sala.

Me percato físicamente de la sustitución. Cambia el tono de voz, los gestos se reducen al mínimo.

La vista se queda fija en un punto y permanece ahí hasta el final de la respuesta.

Luego me bajo del escenario y vuelvo a ser el cochero de mí mismo.

El cochero, el chico tuerto: estás exagerando con las acrobacias. La noche ha ido demasiado lejos.

Tenemos que terminar, estamos ya en la frontera entre una conversación y el delirio.

Quédate con las fotos y haz como si creyeras en las cosas que dices.

Eres alguien que cuenta historias, pero no a cualquiera. Se las cuentas a los que quieren oírlas.

Partes con una ventaja: alguien compra un libro tuyo para leerlo, o acude a un encuentro contigo para oírte y salir de sus pensamientos.

Tus relatos van a aquellos que están dispuestos a dejarse entretener.

Intenta detener a una persona por la calle, en una estación de transporte público, en un autobús. Intenta hacer de narrador con esa persona. Noventa y nueve de cada cien veces se apartará un metro.

Te he escuchado como hijo, porque me has querido a tu lado.

Me he quedado aquí por obediencia y para saber algo acerca de quién eres.

Sé lo suficiente. Sé que eres un feriante, que haces dar vueltas a las figuras para que monte el niño que hay en cada lector.

Eres un vagabundo de una historia a otra. Acampas en una explanada de las afueras, montas tu tiovivo junto a los demás comerciantes de la feria.

Me has contagiado, ahora saco imágenes yo también.

Hijo, se trata lisa y llanamente de palabras, puestas en fila india como hormigas. Su guarida es el diccionario. Pueden transportar una carga superior a su peso.

Este es el prodigio que les ocurre a los que leen los libros de las literaturas. Se dan cuenta de que las palabras pueden describirlo todo.

De vez en cuando se oye a alguien decir: «No tengo palabras».

En cambio, tú sabes que las tenemos y te gustaría decirle que no se resigne y que las busque, porque están a nuestro alcance y listas para la más alta definición de lo que uno quiere decir.

En literatura no existe lo indescriptible.

No es un acto de fe hacia las palabras. Es la chispa de felicidad que libera entusiasmo cuando encuentras las adecuadas.

«Solo en el entusiasmo ve el ser humano el mundo con exactitud.» Gracias a Marina Tsvetáieva puedo expresar mi gratitud hacia las palabras.

Me dan entusiasmo, su lupa para ver mejor.

Son esas gafas colocadas en la nariz de Miguilim, el niño del cuento perfecto de Guimarães Rosa. Descubre la precisión del mundo, ignorada por su miopía, prolongada hasta un momento antes.

Las palabras, hijo, no inventan la realidad, que existe de todos modos. Dan a la realidad la lucidez repentina, que le quita su natural opacidad y así la revela.

Las palabras son el instrumento de las revelaciones.

Fin de trayecto, papá, hemos llegado.

No has vuelto a echar troncos en la chimenea, queda la claridad de las brasas. Se apagará por sí sola.

Nos separamos aquí.

¿Cómo ocurre, hijo? ¿Sales? ¿Te acompaño a la puerta y a donde vayas esta noche?

No salgo, vuelvo a entrar. Regreso a tu espacio, del que salí porque me dejaste sitio.

Vuelvo a entrar en tu cuerpo.

Mira mi mano, se acerca a la tuya. Te toco y ¿lo ves? Mi mano está desapareciendo en la tuya.

Aquí está el brazo y el resto de mí que se va reabsorbiendo en ti.

Ya casi está, solo faltan los ojos.

Ciérralos, por favor.

Otros libros del autor en Booket: